Richard Ford

WILDLIFE
WILD LEBEN

Roman

Aus dem Amerikanischen
von Martin Hielscher

S. Fischer

Die amerikanische Originalausgabe erschien 1990
unter dem Titel »Wildlife« bei The Atlantic Monthly Press, New York
© 1990 by Richard Ford
Deutsche Ausgabe:
© 1991 S. Fischer Verlag GmbH, Frankfurt am Main
Umschlaggestaltung: Buchholz/Hinsch/Walch
Satz: Fotosatz Otto Gutfreund, Darmstadt
Druck und Verarbeitung: Franz Spiegel Buch GmbH, Ulm
Printed in Germany 1991
ISBN 3-10-021123-5

KRISTINA

Ich möchte meinen Freunden Carl Navarre
und Gary Taylor danken, deren besondere Großzügigkeit
mir geholfen hat, dieses Buch zu schreiben.

Richard Ford

Im Herbst 1960, als ich sechzehn war und mein Vater eine Zeitlang nicht arbeitete, lernte meine Mutter einen Mann namens Warren Miller kennen und verliebte sich in ihn. Das geschah in Great Falls, Montana, zur Zeit des Gypsy-Basin-Ölbooms, und mein Vater hatte uns in diesem Jahr von Lewiston, Idaho, dorthin gebracht, weil er glaubte, daß Leute – kleine Leute wie er – in Montana anständig Geld verdienten oder es bald tun würden, und er wollte seinen Teil vom Glück, bevor alles wieder zusammenbrach und mit dem Wind verwehte.

Mein Vater war Golfspieler. Golflehrer von Beruf. Er war auf dem College gewesen, aber nicht im Krieg. Und seit 1944, dem Jahr, in dem ich geboren war, und zwei Jahre, nachdem er meine Mutter geheiratet hatte, war das seine Arbeit gewesen – Golfunterricht – in den kleinen Country Clubs und auf den öffentlichen Golfplätzen in den Orten der Gegend, wo er aufgewachsen war, in der Nähe von Colfax und den Palouse Hills im Osten Washingtons. Und in dieser Zeit, in den Jahren, in denen *ich* aufwuchs, hatten wir in Cœur d'Alene gelebt und in McCall, Idaho, und in Endicott und Pasco und Walla Walla, wo meine Mutter und er auf dem College gewesen waren, wo sie sich kennengelernt und geheiratet hatten.

Mein Vater war der geborene Sportler. Sein Vater hatte ein

Bekleidungsgeschäft in Colfax gehabt und viel Geld verdient, und er hatte Golfspielen auf Plätzen gelernt, auf denen er es später unterrichtete. Er beherrschte jede Sportart – Basketball und Eishockey und Hufeisenwerfen, und auf dem College hatte er Baseball gespielt. Aber Golf liebte er, weil es ein Spiel war, das andere Leute schwierig fanden und das ihm leichtfiel. Er war ein stets lächelnder, gutaussehender Mann mit dunklen Haaren – nicht groß, aber mit feinen Händen und einem kurzen, runden Schwung, der wunderbar anzusehen war, aber nie stark genug, um als Profi bei den großen Turnieren mitspielen zu können. Aber er konnte den Leuten das Golfspielen wirklich gut beibringen. Er wußte, wie man in aller Ruhe über das Spiel sprach, so daß man das Gefühl bekam, ein Talent dafür zu haben, und die Leute waren gern mit ihm zusammen. Manchmal spielte er auch mit meiner Mutter, und ich ging mit und zog den Caddywagen, und ich wußte, daß er wußte, wie sie wirkten – gutaussehend, jung und glücklich. Mein Vater war zurückhaltend, gutmütig und optimistisch, aber nicht glatt, wie man annehmen könnte. Und wenn es kein gewöhnliches Leben sein mag, Golfprofi zu sein und davon zu leben, wie andere Leute, die Verkäufer oder Arzt sind, so war mein Vater in gewisser Weise auch kein gewöhnlicher Mann: er war unschuldig und ehrlich, und es kann sein, daß er für das Leben, das er gewählt hatte, perfekt geeignet war.

In Great Falls arbeitete mein Vater zwei Tage die Woche am Stützpunkt der Luftwaffe, auf dem Golfplatz dort, und den Rest der Zeit in dem exklusiven Club auf der anderen Seite des Flusses, dem Wheatland Club. Er machte Überstunden, weil die Leute in guten Zeiten, wie er sagte, ein Spiel wie Golf lernen wollten, und gute Zeiten dauerten selten sehr lange. Er war zu der Zeit neununddreißig, und ich glaube, er hoffte, jemanden dort kennenzulernen, jemanden, der ihm einen Tip geben oder ihm ein gutes Ge-

schäft beim Ölboom vermitteln oder ihm einen besseren
Job anbieten würde, eine Chance, daß er, meine Mutter
und ich es einmal besser haben würden.

Wir wohnten in einem Haus an der Eighth Street North zur
Miete, in einer älteren Wohngegend mit einstöckigen Holz-
und Backsteinhäusern. Unser Haus war gelb mit einem
niedrigen Jägerzaun davor und einer Trauerweide im Garten. Diese Straßen sind nicht weit von den Bahngleisen
entfernt und liegen der Raffinerie auf der anderen Seite
des Flusses gegenüber, wo die ganze Zeit eine leuchtende
Flamme auf dem Rohr über den Stahltanks stand. Ich
konnte früh am Morgen die Pfeifen zum Schichtwechsel
hören, wenn ich erwachte, und spät am Abend das laute
Dröhnen der Maschinen, die Rohöl von den Wildcat-Fel-
dern* nördlich von uns verarbeiteten.

Meine Mutter hatte keinen Job in Great Falls. Sie hatte als
Buchhalterin in einer Molkerei in Lewiston gearbeitet,
und in den anderen Städten, in denen wir gewesen waren,
hatte sie als Aushilfslehrerin Mathematik und Naturwis-
senschaften unterrichtet – die Fächer, die ihr Spaß machten. Sie war eine hübsche, kleine Frau, die Sinn für Humor
besaß und einen zum Lachen bringen konnte. Sie war zwei
Jahre jünger als mein Vater, hatte ihn 1941 auf dem College
kennengelernt und ihn gemocht und war einfach mit ihm
gegangen, als er einen Job in Spokane angenommen hatte.
Ich weiß nicht, was in ihren Augen die Gründe meines Vaters waren, seinen Job in Lewiston aufzugeben und nach
Great Falls zu gehen. Vielleicht merkte sie ihm etwas an –
daß es eine seltsame Zeit in seinem Leben war, als ob die
Zukunft sich ihm plötzlich anders darzustellen begann, als
ob er sich nun nicht mehr darauf verlassen könne, daß sich
alles schon von allein regeln würde, so wie es bislang gewesen war. Oder vielleicht gab es auch andere Gründe, und

* »Wildcatter« sind kleine eigenständige Ölprospektoren. A. d. Ü.

weil sie ihn liebte, ging sie mit ihm. Aber ich glaube nicht, daß sie je nach Montana kommen wollte. Sie mochte den Osten Washingtons, mochte das bessere Wetter dort, wo sie ein Mädchen gewesen war. Sie dachte, in Great Falls würde es zu kalt und zu einsam sein und nicht leicht, Leute kennenzulernen. Und dennoch muß sie damals gedacht haben, daß sie ein ganz normales Leben führte, sie zog um, sie arbeitete, wenn sie konnte, hatte einen Mann und einen Sohn, und daß es so gut war.

Der Sommer jenes Jahres war eine Zeit der Waldbrände. Great Falls liegt dort, wo die Ebenen beginnen, aber südlich, westlich und östlich der Stadt ist es bergig. An klaren Tagen konnte man die Berge von den Straßen der Stadt aus sehen – hundert Kilometer entfernt die hohe östliche Flanke der Rocky Mountains selbst, blau und wie gestochen, die sich nach Kanada hinüberzog. Früh im Juli brachen Brände in den bewaldeten Canyons hinter Augusta und Choteau aus, Städten, die mir nichts bedeuteten, die aber in Gefahr waren. Die Brände begannen aus rätselhaften Ursachen. Sie brannten weiter und weiter den ganzen Juli und August hindurch und bis in den September hinein, als man hoffte, daß ein früher Herbst Regenfälle und vielleicht Schnee bringen würde. Aber das geschah nicht.
Der Frühling war trocken gewesen und blieb trocken bis zum Sommer. Ich war ein Stadtjunge und wußte nichts von Getreide oder Holz, aber wir alle hörten, daß die Farmer glaubten, Trockenheit sage Trockenheit voraus, und wir lasen in der Zeitung, daß selbst stehende Bäume trockener waren als Holz, das man verheizte, und daß Farmer, wenn sie klug waren, ihr Getreide früh abernteten, um Verluste zu vermeiden. Sogar der Missouri sank auf einen niedrigen Stand ab, und Fische starben, und trockene Lehmbänke traten zwischen den Ufern und dem trägen Strom zutage, und niemand fuhr dort mehr mit dem Boot hindurch.

Mein Vater brachte einer Gruppe von Männern der Air Force und ihren Freundinnen jeden Tag Golf bei, und im Wheatland Club spielte er Vierer mit Ranchern und Ölleuten und Bankern und ihren Frauen, deren Spiel er zu verbessern suchte – dafür wurde er bezahlt. Abends nach der Arbeit saß er in diesem Sommer immer am Küchentisch, hörte sich im Radio irgendein Spiel aus dem Osten an, trank ein Bier und las die Zeitung, während meine Mutter das Essen bereitete und ich im Wohnzimmer Schularbeiten machte. Er redete manchmal über die Leute aus dem Club. »Die sind alle ganz in Ordnung«, sagte er zu meiner Mutter. »Wir werden zwar nicht reich, wenn wir für die Reichen arbeiten, aber vielleicht haben wir Glück, wenn wir uns in ihrer Nähe halten.« Er lachte darüber. Er mochte Great Falls. Er meinte, daß es jedem seine Chance ließ und noch unentdeckt war, daß keiner daran dachte, einen zurückzuhalten, und daß es eine gute Zeit war, dort zu leben. Ich weiß nicht, was er sich damals eigentlich erhoffte, aber er war ein Mensch, der – mehr als die meisten anderen – glücklich sein wollte. Und damals muß es so ausgesehen haben, daß er endlich, zumindest für den Augenblick, genau am richtigen Ort war.

Auch Anfang August waren die Waldbrände westlich von uns noch nicht gelöscht, und ein Dunst lag in der Luft, so daß man die Berge manchmal nicht sehen konnte oder den Horizont, wo Land und Himmel aufeinanderstießen. Es war ein Dunst, den man nicht ausmachen konnte, wenn man mittendrin steckte, sondern nur, wenn man auf einem Berg oder in einem Flugzeug war und Great Falls von oben sehen konnte. Abends, wenn ich am Fenster stand und nach Westen in das Tal des Sun River bis zu den hellglühenden Bergen schaute, schmeckte und roch ich Rauch und glaubte, Flammen und brennende Hügel zu sehen und Männer, die sich bewegten, obwohl ich das gar nicht sehen konnte, sondern nur ein Leuchten, breit und rot und flach über der Dunkelheit zwischen dem Feuer und uns allen. Zweimal träumte ich sogar, daß unser Haus Feuer gefangen hatte, einen Funken, der kilometerweit vom Wind getragen worden und auf unser Dach übergesprungen war und alles auffraß. Obwohl ich selbst in diesem Traum wußte, daß die Welt sich weiterdrehen, wir überleben würden und das Feuer nicht allzuviel bedeutete. Ich verstand natürlich nicht, was es bedeutete, nicht zu überleben.

Solch ein Brand veränderte natürlich alles, das war unvermeidlich, und in Great Falls entwickelte sich eine Stimmung, eine allgemeine Haltung, die wie Mutlosigkeit wirkte. In den Zeitungen tauchten Geschichten auf, wilde Geschichten. Es hieß, daß Indianer die Brände gelegt hätten, damit sie den Job bekamen, sie wieder zu löschen. Man hatte einen Mann gesehen, der eine Holzfällerschneise hinuntergefahren war und brennende Scheite aus dem Lastwagenfenster geworfen hatte. Man beschuldigte Wilderer. Ein Gipfel weit hinten in den Marshall Mountains war angeblich hundertmal in einer Stunde von Blitzen getroffen worden. Mein Vater hörte auf dem Golfplatz, daß Häftlinge die Brände bekämpften, Mörder und Vergewaltiger aus Deer Lodge, Männer, die sich freiwillig gemeldet, sich aber dann davongemacht hatten, um ins normale Leben zurückzukehren.

Keiner dachte, glaube ich, daß Great Falls brennen könnte. Zu viele Kilometer lagen zwischen uns und dem Feuer, zu viele andere Städte waren vorher dran – zu viele unglückliche Umstände mußten da zusammenkommen. Aber die Leute machten die Dächer ihrer Häuser naß, und niemand durfte Gräben abbrennen. Jeden Tag starteten Maschinen mit Männern, die über den Flammen absprangen, und westlich von uns stieg Rauch wie Gewitterwolken auf, als ob das Feuer selbst Regen machen konnte. Wenn der Wind am Nachmittag heftiger wurde, dann wußten wir alle, daß der Brand einen Graben übersprungen hatte oder vorgestoßen war oder auf eine bislang unberührte Stelle übergegriffen hatte und daß wir alle irgendwie betroffen waren, auch wenn wir nie Flammen sahen oder die Hitze spürten.

Ich war damals gerade in die elfte Klasse der Great-Falls-Highschool gekommen und versuchte, Football zu spielen, ein Spiel, das ich nicht mochte, in dem ich auch nicht gut war und nur mitzuspielen versuchte, weil mein Vater dachte, daß ich so ein paar Freunde finden könnte. Aber es gab Tage, an denen wir unser Footballtraining aussetzten, weil der Arzt sagte, daß der Rauch unsere Lungen schädigte, ohne daß wir es merkten. An solchen Tagen ging ich zum Wheatland Club, um meinen Vater zu treffen – der Golfplatz am Luftstützpunkt war wegen der Brandgefahr geschlossen –, und schlug mit ihm am späten Nachmittag ein paar Bälle. Mein Vater arbeitete an immer weniger Tagen, je weiter der Sommer voranschritt, und war häufiger zu Hause. Die Leute kamen wegen des Rauchs und der Trockenheit nicht mehr in den Club. Er gab weniger Stunden und sah nur noch wenige der Clubmitglieder, die er kennengelernt und mit denen er sich im vergangenen Frühjahr angefreundet hatte. Er arbeitete mehr in dem Proshop, verkaufte Golfausstattung und Sportkleidung und Zeitschriften, verlieh Golfkarren und verbrachte mehr Zeit damit, Golfbälle am Flußufer neben den Weiden aufzusammeln, dort, wo die Driving Range aufhörte.

An einem Nachmittag im September, zwei Wochen, nachdem die Schule begonnen hatte und die Brände in den Bergen westlich von uns für immer anzudauern schienen, ging ich mit meinem Vater mit Drahtkörben auf die Driving Range hinaus. Ein einzelner Mann schlug Bälle von der Abschlagslinie, weit entfernt und links von uns. Ich konnte das »Zwock« des Schlägers hören und dann das Zischen, als der Ball in hohem Bogen in das Zwielicht flog und auf uns zusprang. Zu Hause hatten er und meine Mutter am Abend zuvor über die kommenden Wahlen gesprochen. Sie waren Demokraten. Ihre beiden Familien waren Demokraten gewesen. Aber an dem Abend sagte mein Vater, daß er nun überlegte, die Republikaner zu wählen. Nixon, sagte er, war ein guter Rechtsanwalt. Er war keine angenehme Erscheinung, aber er würde es den Gewerkschaften zeigen.

Meine Mutter lachte ihn aus und hielt sich die Augen zu, als ob sie ihn nicht sehen wollte. »Oh, nicht auch noch du, Jerry«, sagte sie. »Willst du jetzt auch anfangen, auf die Gewerkschaften zu schimpfen?« Sie machte Witze. Ich glaube nicht, daß es ihr wichtig war, wen er wählte, und sie redeten nicht über Politik. Wir waren in der Küche, und das Essen stand schon auf dem Tisch.

»Ich hab so'n Gefühl, als wär alles zu weit in eine Richtung gegangen«, sagte mein Vater. Er legte die Hände neben den Teller. Ich hörte ihn atmen. Er hatte immer noch seine Golfsachen an, grüne Hosen und ein gelbes Nylonhemd, mit einem roten Clubabzeichen darauf. In diesem Sommer hatte es einen Eisenbahnstreik gegeben, aber er hatte nicht über die Gewerkschaften geredet, und ich glaubte nicht, daß uns das irgendwie betroffen hatte.

Meine Mutter stand noch am Spülbecken und trocknete sich die Hände. »Du bist der Arbeiter, nicht ich«, sagte sie. »Ich will dich bloß daran erinnern.«

»Ich wünschte, wir hätten einen Roosevelt zu wählen«, sagte mein Vater. »Er hatte ein Gefühl für das Land.«

»Das war 'ne andere Zeit«, sagte meine Mutter und setzte sich ihm gegenüber an den Metalltisch. Sie trug ein blauweiß kariertes Kleid und eine Schürze. »Alle hatten damals Angst, wir auch. Jetzt ist alles besser. Das hast du vergessen.«

»Ich hab überhaupt nichts vergessen«, sagte mein Vater. »Aber jetzt denk ich an die Zukunft.«

»Na, dann«, sagte sie. Sie lächelte ihn an. »Das ist gut.

14

Das hör ich gern. Joe hört das sicher auch gern.« Und dann aßen wir.

Aber am nächsten Nachmittag, am Ende der Driving Range bei den Weiden am Fluß war mein Vater in einer anderen Stimmung. Er hatte in der Woche keine Stunde gegeben, aber er war nicht angespannt und schien auch nicht auf irgend etwas böse zu sein. Er rauchte eine Zigarette, etwas, das er normalerweise nicht tat.

»Es ist eine Schande, bei gutem Wetter nicht zu arbeiten«, sagte er und lächelte. Er nahm einen der Golfbälle aus dem Korb, holte aus und schleuderte ihn durch die Weidenzweige zum Fluß hinunter, wo er in den Schlamm fiel, ohne ein Geräusch zu machen. »Was macht dein Football?« fragte er mich. »Wirst du der neue Bob Waterfield?«

»Nein«, sagte ich. »Ich glaub nicht.«

»Ich werde auch kein neuer Walter Hagen«, sagte er. Er mochte Walter Hagen. Er besaß ein Bild von ihm, auf dem er einen breitkrempigen Hut und einen dicken Mantel trägt und in die Kamera lacht, während er auf irgendeinem Platz, wo Schnee auf dem Boden liegt, den Ball abschlägt. Mein Vater hatte das Bild an die Türinnenseite des Schlafzimmerschranks geheftet.

Er stand da und schaute dem einsamen Golfspieler zu, der Bälle auf den Fairway hinaus schlug. Wir konnten seine Silhouette sehen. »Das ist ein Mann, der einen guten Schlag hat«, sagte er und schaute zu, wie der Mann locker mit dem Schläger ausholte und dann durchschwang. »Er riskiert nichts. Schlag den Ball in die Mitte des Fairways, damit du noch Platz für die Streuung hast. Laß deinen Gegner die Fehler machen. Genauso hat's Walter Hagen gemacht. Er war der geborene Golfer.«

»Ist das bei dir nicht genauso?« fragte ich, denn das hatte auch meine Mutter gesagt, daß mein Vater nie hatte trainieren müssen.

»Ja, das stimmt«, sagte mein Vater und rauchte. »Ich hab's

immer als leicht empfunden. Aber wahrscheinlich stimmt da irgendwas nicht.«

»Ich mag Football nicht«, sagte ich.

Mein Vater blickte mich an und starrte dann nach Westen, wo das Feuer die Sonne verdunkelte, sie purpurn färbte. »Ich mochte es«, sagte er verträumt. »Wenn ich den Ball hatte und das Feld hochrannte und den Leuten auswich, das machte mir Spaß.«

»Ich weich nicht genug aus«, sagte ich. Ich wollte ihm das erzählen, weil ich wollte, daß er mir sagte, ich sollte mit Football aufhören und was anderes machen. Ich mochte Golf und wäre froh gewesen, wenn ich es hätte spielen können.

»Aber mit Golfspielen wollte ich nicht aufhören«, sagte er, »obwohl ich dafür wahrscheinlich nicht raffiniert genug bin.« Er hörte mir jetzt nicht richtig zu, aber ich nahm ihm das nicht übel.

Weit entfernt am Abschlag hörte ich ein »Zwock«, als der einsame Mann einen Ball in die Abendluft schlug. Schweigend warteten mein Vater und ich darauf, daß der Ball aufschlug und absprang. Aber tatsächlich traf der Ball meinen Vater, traf ihn an der Schulter über dem Saum seines Ärmels – nicht hart, nicht mal hart genug, um ihm weh zu tun.

Mein Vater sagte: »Na so was. Himmel noch mal. Schau dir das an.« Er schaute auf den Ball neben ihm auf dem Boden hinunter, dann rieb er sich den Arm. Wir konnten sehen, wie der Mann, der den Ball geschlagen hatte, zum Clubhaus zurückging und den Schläger neben sich schwang wie einen Spazierstock. Er hatte keinen Schimmer, wo seine Bälle runterkamen. Er hätte nicht im Traum gedacht, daß er meinen Vater getroffen hatte.

Mein Vater stand da und schaute zu, wie der Mann im langen weißen Clubhaus verschwand. Er stand für eine Weile da, als ob er horchte und etwas hören konnte, was ich nicht hören konnte – Gelächter, möglicherweise, oder Musik aus

16

der Ferne. Er war immer ein glücklicher Mensch gewesen, und ich glaube, daß er vielleicht ganz einfach auf etwas wartete, daß ihm dieses Gefühl wieder verschaffte.

»Wenn du Football nicht magst« – und plötzlich sah er mich an, als habe er vorher vergessen, daß ich da war – »dann laß es einfach bleiben. Versuch's statt dessen mal mit Speerwerfen. Das gibt einem das Gefühl, etwas geschafft zu haben. Ich hab's mal gemacht.«

»In Ordnung«, sagte ich. Und ich dachte über das Speerwerfen nach – wie schwer so ein Speer wohl sein mochte und woraus er gemacht war und wie schwierig es wohl war, ihn richtig zu werfen.

Mein Vater starrte dorthin, wo der Himmel schön und dunkel und voller Farben war. »Das ist ein richtiges Feuer da draußen, was? Ich kann's riechen.«

»Ich auch«, sagte ich und sah hinaus.

»Du hast einen klaren Kopf, Joe.« Er sah mich an. »Dir wird nichts Schlechtes passieren.«

»Ich hoffe nicht«, sagte ich.

»Das ist gut«, sagte er, »das hoffe ich auch.« Und dann sammelten wir weiter Golfbälle ein und gingen zurück zum Clubhaus.

Als wir zum Proshop zurückgekehrt waren, brannte drinnen Licht, und durch die Glasscheiben konnte ich einen Mann sehen, der allein auf einem Klappstuhl saß und eine Zigarre rauchte. Er trug einen Geschäftsanzug, hatte allerdings das Jackett über den Arm gelegt, und braun-weiße Golfschuhe. Als mein Vater und ich mit unseren Körben voller Golfbälle eintraten, stand der Mann auf. Ich konnte seine Zigarre riechen und den sauberen Geruch neuer Golfausrüstung.

»Hallo, Jerry«, sagte der Mann lächelnd und hielt meinem Vater die Hand hin. »Wie hab ich von da draußen ausgesehen?«

»Ich hab nicht gemerkt, daß Sie das waren«, sagte mein Vater und lächelte. Er schüttelte dem Mann die Hand. »Sie haben einen Schwung nach Maß. Damit können Sie angeben.«

»Ich streu sie 'n bißchen wild in der Gegend rum«, sagte der Mann und steckte die Zigarre wieder in den Mund.

»Damit haben wir alle zu kämpfen«, sagte mein Vater und zog mich an seine Seite. »Das ist mein Sohn Joe, Clarence. Das ist Clarence Snow, Joe. Er ist der Präsident dieses Clubs. Er ist der beste Golfspieler hier draußen.« Ich schüttelte Clarence Snow die Hand, er war in den Fünfzigern und hatte lange Finger, knochig und kräftig, wie die von meinem Vater. Er hatte keinen sehr festen Händedruck.

»Haben Sie noch Bälle draußen gelassen, Jerry?« fragte Clarence Snow, fuhr sich mit der Hand durch sein dünnes schwarzes Haar und warf einen Blick auf den dunklen Golfplatz.

»'ne ganze Menge«, sagte mein Vater. »Wir konnten nichts mehr sehen.«

»Spielst du auch Golf, mein Junge?« Clarence Snow lächelte mich an.

»Er ist gut«, antwortete mein Vater, bevor ich irgend etwas sagen konnte. Er setzte sich auf den anderen Klappstuhl, unter dem seine Straßenschuhe standen, und begann, seine weißen Golfschuhe aufzuschnüren. Mein Vater trug gelbe Socken, die seine blassen, haarlosen Knöchel freiließen, und er starrte Clarence Snow an, während er seine Schnürsenkel aufmachte.

»Ich muß mit Ihnen reden, Jerry«, sagte Clarence Snow. Er sah mich an und zog durch die Nase hoch.

»In Ordnung«, sagte mein Vater. »Hat's bis morgen Zeit?«

»Nein«, sagte Clarence Snow. »Kommen Sie mit rauf ins Büro?«

»Aber natürlich«, sagte mein Vater. Er hatte seine Golfschuhe ausgezogen, hob einen Fuß und rieb ihn, drückte dann die Zehen nach unten. »Die Werkzeuge der Torheit«, sagte er und lächelte mich an.

»Es dauert auch nicht lange«, sagte Clarence Snow. Dann ging er durch die Eingangstür hinaus und ließ meinen Vater und mich allein im hell erleuchteten Shop.

Mein Vater setzte sich in seinem Klappstuhl zurück, streckte die Beine aus und wackelte mit den Zehen in den gelben Socken. »Er wird mich feuern«, sagte er. »Darum wird's gehen.«

»Warum glaubst du das?« fragte ich. Und es schockierte mich.

»Das verstehst du nicht, mein Junge«, sagte mein Vater. »Ich werd nicht das erste Mal gefeuert. So was spürt man einfach.«

»Warum sollte er das tun?« sagte ich.

»Vielleicht denkt er, ich hätte seine Frau gevögelt«, sagte mein Vater. Ich hatte ihn so etwas noch nie sagen hören, und es schockierte mich ebenfalls. Er starrte aus dem Fenster in die Dunkelheit. »Ich weiß natürlich gar nicht, ob er überhaupt eine Frau hat.« Mein Vater begann, seine Straßenschuhe anzuziehen, es waren schwarze Mokassins, glänzend und neu und mit dicken Sohlen. »Vielleicht habe ich einem seiner Freunde beim Spielen Geld abgenommen. Außerdem muß er überhaupt keinen Grund haben.« Er schob die weißen Schuhe unter den Stuhl und stand auf. »Wart hier drinnen«, sagte er. Und ich wußte, daß er wütend war, aber nicht wollte, daß ich es merkte. Er machte einem gerne weis, daß alles in Ordnung wär, und er wollte immer, daß alle glücklich und zufrieden waren, wenn es irgend ging.

»Ist das okay?« sagte er.

»Das ist okay«, sagte ich.

»Denk an ein paar hübsche Mädchen, solang ich weg bin«, sagte er und lächelte mich an.

Dann ging er fast schlendernd aus dem kleinen Golfshop und zum Clubhaus hoch und ließ mich allein mit den Ständern voller silberner Golfschläger, den neuen Ledertaschen, Schuhen und Schachteln mit Bällen – all dem anderen Handwerkszeug meines Vaters, bewegungslos und still um mich herum wie Schätze.

Als mein Vater nach zwanzig Minuten zurückkam, ging er schneller als vorhin. In seiner Hemdtasche steckte ein gelbes Stück Papier, und sein Gesicht war angespannt. Ich saß auf dem Stuhl, auf dem Clarence Snow gesessen hatte. Mein Vater nahm seine weißen Schuhe vom grünen Teppich und stopfte sie sich unter den Arm, ging dann zur Kasse und begann, Geld aus den Fächern zu nehmen.
»Wir sollten gehen«, sagte er mit leiser Stimme. Er steckte sich Geld in die Hosentaschen.
»Hat er dich gefeuert?« fragte ich.
»Ja, das hat er.« Er stand einen Augenblick still hinter der offenen Kasse, als ob seine Worte für ihn seltsam klangen oder irgendeine andere Bedeutung hätten. Er sah aus wie ein Junge in meinem Alter, der etwas tat, das er nicht tun sollte, und der versuchte, es gleichmütig zu tun. Obwohl Clarence Snow ihm vielleicht gesagt hatte, er sollte die Kasse leeren, bevor er ging, so daß das Geld ihm wirklich gehörte. »War wohl ein zu gutes Leben, schätz ich«, sagte er. Dann sagte er: »Sieh dich hier mal um, Joe. Guck, ob du irgendwas davon haben willst.« Er blickte um sich auf die Schläger und ledernen Golftaschen und Schuhe, die Sweater und Kleidungsstücke in den Glasschaukästen. Alles Sachen, die viel Geld kosteten, Sachen, die meinem Vater gefielen.
»Nimm's einfach«, sagte er. »Es gehört dir.«
»Ich möchte nichts«, sagte ich.
Mein Vater sah mich von der Kasse aus an. »Du willst nichts? Von all diesem teuren Zeug?«

»Nein«, sagte ich.

»Du hast 'nen guten Charakter, das ist dein Problem. Nicht, daß es ein großes Problem wär.« Er schob die Lade der Kasse zu. »Pech hat einen sauren Geschmack, findest du nicht?«

»Ja«, sagte ich.

»Willst du wissen, was er zu mir gesagt hat?« Mein Vater lehnte sich, die Handflächen durchgedrückt, auf den gläsernen Tresen. Er lächelte mich an, als fände er es komisch.

»Was denn?« fragte ich.

»Er sagte, ich bräuchte darauf nicht zu antworten, aber daß er glaubte, ich würde stehlen. Irgendein Einfaltspinsel hat auf dem Platz sein Portemonnaie verloren, und sie konnten auf keinen anderen kommen, der es genommen hat. Also haben sie sich auf mich geeinigt.« Er schüttelte den Kopf. »Ich bin kein Dieb. Weißt du das? Das bin ich nicht.«

»Ich weiß das«, sagte ich. Und ich glaubte nicht, daß er einer war. Ich dachte, daß ich eher stehlen würde als er, und ich war auch kein Dieb.

»Ich war zu beliebt hier draußen, das ist das Problem«, sagte er. »Wenn du Leuten hilfst, mögen sie dich nicht. Sie sind wie die Mormonen.«

»Ist wohl so«, sagte ich.

»Wenn du älter bist«, sagte mein Vater. Und dann schien er mit dem innezuhalten, was er gerade sagen wollte. »Wenn du die Wahrheit wissen willst, hör nicht auf das, was die Leute sagen«, war alles, was er dann sagte.

Er kam um die Kasse herum, trug seine weißen Schuhe, die Hosentaschen voller Geld. »Laß uns jetzt gehen«, sagte er. Er knipste das Licht aus, als er an der Tür war, hielt sie für mich auf, und wir gingen hinaus in den warmen Sommerabend.

Als wir über den Fluß zurück, nach Great Falls hinein und die Central Avenue hochgefahren waren, hielt mein Vater vor dem Supermarkt einen Block von unserem Haus entfernt, ging hinein, kaufte eine Dose Bier, kam zurück und saß bei offener Tür auf dem Fahrersitz. Es war kühler geworden, da die Sonne untergegangen war, und es war ein Gefühl wie ein Herbstabend, obwohl es trocken war und der Himmel ein lichtes Blau und voller Sterne. Ich konnte das Bier im Atem meines Vaters riechen und wußte, daß er an das Gespräch dachte, das er mit meiner Mutter führen mußte, wenn wir nach Hause kamen, und wie das wohl sein würde.

»Weißt du, was passiert«, sagte er, »wenn genau das passiert, was du am wenigsten wolltest?« Wir saßen im Lichtschein des kleinen Supermarkts. Hinter uns bewegte sich der Verkehr auf der Central Avenue, Leute, die von der Arbeit nach Hause fuhren, Leute, die an irgendwas dachten, was sie jetzt gern täten, irgend etwas, worauf sie sich freuten.

»Nein«, sagte ich. Ich dachte in dem Augenblick daran, wie es war, den Speer zu werfen, im hohen Bogen in die klare Luft, worauf er wie ein Pfeil herunterkäme, und daran, daß mein Vater speergeworfen hatte, als er in meinem Alter war.

»Überhaupt nichts«, sagte er, und er war mehrere Sekunden still. Er hob die Knie und hielt die Bierdose mit beiden Händen. »Wir sollten wahrscheinlich 'ne kleine Tour mit 'n paar Brüchen machen. Den Laden hier ausrauben oder so was. Bis alles über uns zusammenbricht.«

»Das will ich nicht«, sagte ich.

»Ich bin wahrscheinlich ein Idiot«, sagte mein Vater und schüttelte das Bier, bis es leise in der Dose zischte. »Im Augenblick ist es nur ein bißchen schwer, irgendwelche Chancen für mich zu sehen.« Eine Weile sagte er gar nichts mehr. »Liebst du deinen Dad?« sagte er mit normaler Stimme, nachdem einige Zeit vergangen war.

»Ja«, sagte ich.

»Glaubst du, daß ich gut für dich sorgen werde?«

»Ja«, sagte ich. »Das glaube ich.«

»Das werd ich auch«, sagte er.

Mein Vater schlug die Wagentür zu und saß einen Moment da und blickte durch die Windschutzscheibe auf den Supermarkt, in dem Leute waren, die sich hinter den großen Fenstern hin und her bewegten. »Manchmal hat man die Wahl, was man tun kann, und es kommt einem so vor, als hätte man gar keine Wahl«, sagte er. Dann ließ er den Motor an, und er legte die Hand auf meine, wie man es bei einem Mädchen machen würde. »Mach dir keine Sorgen«, sagte er. »Ich hab mich schon wieder beruhigt.«

»Ich mach mir keine Sorgen«, sagte ich. Und das tat ich auch nicht, weil ich dachte, daß sich alles schon regeln würde. Und obwohl ich mich irrte, ist das keine schlechte Art, dem Unbekannten zu begegnen, wenn es einem plötzlich vor Augen steht.

Nach diesem Abend im frühen September begann sich
alles in unserem Leben immer schneller zu bewegen und
zu verändern. Unser Leben zu Hause änderte sich. Das
Leben, das meine Mutter und mein Vater lebten, änderte
sich. Die Welt, die ich bisher ohne Nachdenken und ohne
Plan hingenommen hatte, änderte sich. Wenn man sechzehn ist, weiß man nicht, was die Eltern wissen, auch nicht
sehr viel davon, was sie verstehen, und noch weniger, was
sie fühlen. Das kann einen davor bewahren, zu früh erwachsen zu werden, das eigene Leben davor bewahren,
bloß eine Wiederholung von ihrem zu werden – was ein
Verlust wäre. Aber sich abzuschotten – was ich nicht tat –,
scheint ein sogar noch größerer Irrtum zu sein, denn was
verlorengeht, ist die Wahrheit über das Leben der Eltern
und was man davon halten soll, und darüber hinaus, wie
man die Welt einschätzen soll, in der man gerade zu leben
beginnt.

An dem Abend, als mein Vater nach Hause kam, nachdem
er gerade seinen Job im Wheatland Club verloren hatte,
sagte er es meiner Mutter geradeheraus, und sie beide taten so, als wäre das irgendein Witz. Meine Mutter wurde
nicht wütend oder schien nicht außer Fassung zu sein,
fragte ihn auch nicht, warum er entlassen worden war. Sie
lachten beide darüber. Als wir zu Abend aßen, saß meine

Mutter am Tisch und schien nachzudenken. Sie sagte, daß sie einen Job als Aushilfslehrerin erst nach Ablauf des Schuljahres bekommen konnte, daß sie aber zur Schulbehörde gehen und einen Antrag stellen würde. Sie sagte, daß andere Leute auf meinen Vater zukommen würden, um ihm Arbeit zu geben, wenn es bekannt wurde, daß er frei war, und daß dies eine verborgene Chance war – der Grund, warum wir hergekommen waren – und daß die Leute aus Montana Gold nicht einmal erkannten, wenn sie es vor Augen hatten. Sie lächelte ihn an, als sie das sagte. Sie sagte, daß ich mir auch einen Job besorgen könnte, und ich sagte, daß ich das tun würde. Sie sagte, vielleicht sollte sie Banker werden, obwohl sie dafür ihren Collegeabschluß machen müßte. Und sie lachte. Schließlich sagte sie: »Du kannst was anderes machen, Jerry. Vielleicht hast du für dieses Leben genug Golf gespielt.«

Nach dem Abendessen ging mein Vater ins Wohnzimmer und hörte die Nachrichten auf einem Sender, den wir abends aus Salt Lake empfangen konnten, und schlief, immer noch in seinen Golfsachen, auf der Couch ein. Spät in der Nacht gingen sie in ihr Zimmer und schlossen die Tür. Ich hörte ihre Stimmen, sie redeten. Ich hörte, wie meine Mutter noch einmal lachte. Und dann lachte mein Vater und sagte laut, immer noch lachend: »Droh mir nicht. Mir kann man nicht drohen.« Und später sagte meine Mutter: »Du bist bloß verletzt, Jerry, das ist alles.« Nach einer Weile hörte ich, wie Wasser in die Badewanne eingelassen wurde, und ich wußte, daß mein Vater im Badezimmer saß und mit meiner Mutter redete, während sie ihr Bad nahm, was er gerne tat. Und später hörte ich, wie ihre Tür sich schloß und das Licht ausgeknipst wurde und das Haus in Stille versank.

Und dann schien mein Vater für eine ganze Zeit danach kein Interesse an Arbeit zu haben. Nach ein paar Tagen rief der Wheatland Club an – ein Mann, nicht Clarence Snow, sagte, jemand hätte einen Fehler gemacht. Ich redete mit dem Mann, der mir sagte, ich sollte das meinem Vater ausrichten, aber mein Vater rief nie zurück. Der Luftstützpunkt rief ihn an, aber wieder wollte er nicht mit ihnen reden. Ich weiß, daß er nicht gut schlief. Ich hörte, wie sich nachts Türen schlossen und Gläser aneinanderstießen. An manchen Morgen sah ich aus meinem Schlafzimmerfenster, und da war er im Garten in der frostigen Morgenluft und übte mit einem Driver, schlug einen Plastikball von einer Grundstücksgrenze zur anderen und ging mit seinen langen, lässigen Schritten umher, als ob nichts ihm Kummer bereitete. An anderen Tagen machte er mit mir nach der Schule lange Ausfahrten, nach Highwood und Belt und Geraldine, Orte östlich von Great Falls, und dann durfte ich den Wagen auf Nebenstraßen in der Weizenprärie fahren, wo ich niemanden gefährden konnte. Und einmal fuhren wir über den Fluß nach Ford Benton und saßen im Auto und schauten den Golfspielern zu, die auf dem kleinen Kurs dort oberhalb der Stadt spielten.

Schließlich begann mein Vater, morgens das Haus zu verlassen, wie ein Mann, der zur Arbeit geht. Und obwohl wir nicht wußten, wo er hinging, sagte meine Mutter, daß sie glaubte, er ginge in die Stadt, und daß er schon früher Jobs verloren hatte und daß es immer eine Zeitlang beängstigend war, aber daß er schließlich den Dingen ins Auge sah, sich um etwas Neues kümmerte und wieder glücklich war. Mein Vater trug jetzt andere Sachen, Khakihosen und Flanellhemden, normale Sachen, die auch andere Leute trugen, und er redete nicht mehr von Golf. Er redete ab und zu über das Feuer, das auch Ende September noch in den Canyons oberhalb von Allen Creek und Castle Reef brannte – Namen, die ich aus der *Tribune* kannte. Er sprach dann hastiger, abgehackter. Er erzählte mir, daß der Rauch solcher Waldbrände in fünf Tagen um die Welt wanderte und daß die Menge Holz, die dort verlorenging, dazu ausreichte, fünfzigtausend Häuser von der Größe unseres Hauses zu bauen. Eines Freitags ging er mit mir zu den Boxkämpfen im City Auditorium, und wir schauten den Jungs aus Havre zu, wie sie gegen die aus Glasgow boxten, und danach konnten wir auf der Straße das nächtliche Glühen der Brände sehen, fahl in den Wolken, so wie es im Sommer gewesen war. Und mein Vater sagte: »Es könnte jetzt in den Canyons regnen, aber das Feuer würde nicht ausgehen. Es würde schwelen und dann wieder anfangen.« Er zwinkerte, während sich die Zuschauermenge vom Boxen um uns herausschob. »Aber wir sind hier«, sagte er und lächelte, »sicher in Great Falls.«

In dieser Zeit fing meine Mutter an, sich einen Job zu suchen. Sie hinterließ eine Bewerbung bei der Schulbehörde. Sie arbeitete zwei Tage in einem Bekleidungsgeschäft, hörte dann wieder auf. »Mir fehlen mächtige und einflußreiche Freunde«, sagte sie zu mir, als wäre das ein Scherz. Obwohl es stimmte, daß wir niemanden in Great Falls kannten. Meine Mutter kannte die Leute im Supermarkt und in der Drogerie, und mein Vater hatte Leute im Wheatland Club gekannt. Aber keiner von denen kam uns je besuchen. Ich denke, wenn sie jünger gewesen wären, hätten sie sich wohl entschlossen, woanders hinzuziehen, einfach zusammenpacken und aufbrechen. Aber keiner sprach davon. Es herrschte so eine Stimmung, als ob wir alle auf irgend etwas warteten. Draußen hatten die Bäume sich schon ganz gelb gefärbt, und Blätter fielen auf die Autos, die am Straßenrand parkten. Es war mein erster Herbst in Montana, und mir kam es so vor, als ob die Bäume in unserer Nachbarschaft so aussahen wie in einem der Staaten im Osten und überhaupt nicht so, wie ich mir Montana vorgestellt hatte. Eigentlich hatte ich gar keine Bäume erwartet, nur offene Prärie, wo das Land und der Himmel erst beinahe außer Sichtweite verschmolzen.

»Ich könnte einen Job als Schwimmlehrerin kriegen«, sagte meine Mutter eines Morgens zu mir, als mein Vater früh das Haus verlassen hatte und ich nach meinen Schulbüchern suchte. Sie stand da und trank Kaffee, schaute vorn aus dem Fenster, in ihrem gelben Bademantel. »Eine Frau beim Roten Kreuz sagte, ich könnte Privatstunden geben, wenn ich auch eine Klasse übernehm.« Sie lächelte mich an und verschränkte die Arme. »Ich bin immer noch Rettungsschwimmerin.«

»Das hört sich doch gut an«, sagte ich.

»Ich könnte deinem Vater nochmal das Rückenschwimmen beibringen«, sagte sie. Meine Mutter hatte mir das Schwimmen beigebracht, und das konnte sie sehr gut. Sie hatte versucht, meinem Vater das Rückenschwimmen beizubringen, als wir in Lewiston wohnten, aber er hatte es versucht und nicht geschafft, und sie hatte danach einen Witz daraus gemacht. »Die Frau sagte, die Leute in Montana wollen unbedingt schwimmen. Warum meinst du, wollen sie das? So was hat immer eine Bedeutung.«

»Was soll es bedeuten?« sagte ich, mit meinen Schulbüchern im Arm.

Sie verschränkte die Arme und drehte sich ein wenig hin und her, wie sie vom Fenster eingerahmt dastand und hinausschaute. »Oh, daß wir alle einmal von einer großen Flut weggespült werden. Obwohl ich das nicht glaube. Einige von uns werden nämlich *nicht* weggespült werden, sondern nach oben getragen. Das ist besser, nicht?« Sie trank einen Schluck von ihrem Kaffee.

»Für die richtigen Leute sollte es ein Happy-End geben«, sagte ich.

»Das wär schön«, sagte sie. »Aber so läuft das nicht bei jedem.« Sie drehte sich um und ging in die Küche, um mir Frühstück zu machen, bevor ich in die Schule ging.

In den Tagen danach ging meine Mutter zur Arbeit ins YWCA* in Great Falls, in dem Backsteingebäude an der Second Street North in der Nähe des Gerichtsgebäudes. Sie ging zu Fuß von unserem Haus zur Arbeit und nahm ihren Badeanzug in einem Kosmetikköfferchen mit, zusammen mit etwas zum Lunch und ein paar Make-up-Sachen zum Zurechtmachen, wenn sie nachmittags nach Hause kam. Mein Vater sagte, es freute ihn, wenn sie da arbeiten wollte, und daß ich auch einen Job finden sollte, was ich noch nicht getan hatte. Aber er sagte nichts darüber, ob er arbeitete oder wie er die Tage verbrachte oder was er über unsere Zukunft dachte oder ob er irgendwelche Pläne gemacht hatte. Er schien mir unerreichbar zu sein, als ob er ein Geheimnis entdeckt hätte, das er nicht verraten wollte. Einmal, als ich vom Footballtraining nach Hause ging, sah ich ihn im Jack 'n Jill-Café, er saß am Tresen, trank einen Kaffee und aß ein Stück Kuchen. Er trug ein rotkariertes Hemd und eine Strickmütze, und er war unrasiert. Ein Mann, den ich nicht kannte, saß auf dem Barhocker neben ihm und las die *Tribune*. Sie schienen zusammen zu sein. Ein anderes Mal, an einem sehr windigen Tag, sah ich ihn, wie er das Gerichtsgebäude verließ, in einer Wolljacke und mit einem Buch in der Hand. Er ging um die Ecke bei der Bücherei und verschwand, und ich folgte ihm nicht. Und ein anderes Mal sah ich ihn in eine Bar namens Pheasant Lounge gehen, wo, wie ich glaubte, die Polizisten von Great Falls hingingen. Dies war um die Mittagszeit, und ich hatte nur die Lunchpause und konnte nicht bleiben, um mehr zu sehen.

Als ich meiner Mutter erzählte, daß ich ihn diese Male gesehen hatte, sagte sie: »Er hat einfach noch nicht die Chance gehabt, sich was Neues zu suchen. Das wird sich alles finden. Er ist schon in Ordnung.«

* Young Women's Christian Association. Christlicher Verein junger Frauen. A. d. Ü.

Aber ich hatte nicht das Gefühl, daß sich alles finden würde. Ich glaube nicht, daß meine Mutter damals mehr wußte als ich. Sie war einfach überrascht, und sie vertraute ihm und dachte, sie könnte noch länger warten. Aber ich fragte mich, ob meine Eltern Probleme hatten, von denen ich nichts wußte, oder ob sie sich schon länger ein wenig voneinander abgewendet hatten und ich das nur noch nicht bemerkt hatte. Ich weiß, wenn sie die Tür zu ihrem Schlafzimmer abends geschlossen hatten und ich in meinem Bett lag, auf den Schlaf wartete und auf den aufkommenden Wind horchte, daß ich immer hörte, wie sich die Tür wieder öffnete und meine Mutter herauskam und sie leise schloß und sich das Bett auf der Couch im Wohnzimmer machte. Einmal hörte ich meinen Vater sagen, als sie gerade das Zimmer verließ: »Du hast es dir jetzt anders überlegt, nicht, Jean?« Und meine Mutter sagte: »Nein.« Aber dann ging die Tür zu, und sie sagte nichts mehr. Ich glaube nicht, daß ich davon wissen sollte, und ich weiß nicht, was sie einander in dieser Zeit gesagt oder angetan haben könnten. Es kam nie vor, daß sie sich anschrien oder stritten. Sie waren nachts ganz einfach nicht mehr zusammen, obwohl man ihnen tagsüber, wenn ich da war und das Leben normal weitergehen mußte, nichts anmerkte. Nur Kommen und Gehen. Nichts, was einen darauf stoßen konnte, daß es Ärger oder Mißverständnisse gab. Ich wußte nur einfach, daß es sie gab und daß meine Mutter aus Gründen, die nur sie kannte, damals von meinem Vater abzurücken begann.

Nach einer Weile hörte ich auf, Football zu spielen. Ich wollte einen Job finden, auch wenn ich, wenn der Frühling kam und wir dann immer noch in Great Falls waren, es mit Speerwerfen versuchen wollte, wie mein Vater gesagt hatte. Ich hatte mir das Buch *Track and Field for Young Champions** aus der Bücherei ausgeliehen, hatte im Keller

---

* Leichtathletik für junge Meister. A. d. Ü.

der Schule den Geräteschuppen entdeckt und die beiden Holzspeere dort inspiziert, die im Dunkel an die Betonwand gelehnt dastanden. Sie waren glatt und poliert und dicker, als ich angenommen hatte. Aber der Speer, den ich dann in die Hand nahm, war leicht und schien mir perfekt geeignet für das, was man damit machte. Und ich dachte, daß ich ihn werfen könnte und daß das vielleicht ein Sport war – wenn auch ein seltsamer –, in dem ich eines Tages gut sein und meinen Vater beeindrucken könnte.

Ich hatte in Great Falls keine Freunde gefunden. Die Jungen aus der Football-Mannschaft lebten weiter entfernt in der Stadt und auf der anderen Seite des Flusses in Black Eagle. Ich hatte Freunde in Lewiston gehabt, besonders eine Freundin namens Iris, die die katholische Schule besuchte und mit der ich einige Wochen lang Briefe wechselte, als wir im Frühjahr nach Great Falls kamen. Aber sie war über den Sommer nach Seattle gefahren und hatte mir noch nicht wiedergeschrieben. Ihr Vater war Offizier, und es konnte sein, daß ihre Familie umgezogen war. Ich hatte schon eine Weile nicht mehr an sie gedacht, und sie war mir auch nicht wirklich wichtig. Es hätte wohl eine Zeit sein sollen, in der mir noch mehr wichtig war – eine neue Freundin oder Bücher – oder in der ich irgendwelche neuen Ziele hatte. Aber ich interessierte mich damals nur für meine Mutter und meinen Vater, und in der Zeit, die seitdem vergangen ist, ist mir klar geworden, daß wir eine Familie waren, die sich kaum für etwas anderes als sich selbst interessierte.

Ich fand dann einen Job im Fotostudio an der Third Avenue. Dort wurden die Fotos der Air-Force-Leute gemacht und Verlobungs- und Klassenfotos, und wenn die Schule vorbei war, mußte ich saubermachen, Birnen in den Fotolampen auswechseln und die Vorhänge und Kulissen für den nächsten Tag neu anordnen.

Ich war mit der Arbeit um fünf fertig, und manchmal ging ich auf dem Nachhauseweg am YWCA vorbei und schlüpfte durch die Hintertür und hinunter in die lange gekachelte Schwimmhalle, wo meine Mutter ihre Erwachsenenkurse bis fünf gab und von fünf bis sechs Privatstunden geben konnte und dafür bezahlt wurde. Ich stand am anderen Ende hinter den Reihen leerer Zuschauerbänke und schaute ihr zu, hörte ihre Stimme, die glücklich und lebhaft wirkte, während sie die Schüler ermutigte und ihnen Instruktionen gab. Sie stand in ihrem schwarzen Badeanzug auf ihrer blassen Haut am Rand und machte ihren Schülern, die im niedrigen Wasser standen, mit den Armen Schwimmbewegungen vor. Die meisten waren alte Frauen und alte Männer mit kahlen, sommersprossigen Schädeln. Von Zeit zu Zeit tauchten sie mit den Gesichtern ins Wasser und ahmten die Schwimmbewegungen nach, die meine Mutter machte – langsame, ruckartige Bewegungen –, ohne wirklich zu schwimmen oder sich vorwärts zu bewegen, standen bloß auf der Stelle und taten, als ob sie schwammen. »Es ist doch so einfach«, konnte ich meine Mutter mit ihrer hellen Stimme sagen hören, und ihre Arme ruderten in der dicken Luft, während sie redete. »Bloß keine Angst. Es macht Spaß. Denken Sie an das, was Sie alles verpaßt haben.« Sie lächelte sie an, wenn ihre Gesichter wieder aufgetaucht waren, tropfend und blinzelnd, einige von ihnen hustend. Und dann sagte sie: »Jetzt gucken Sie mal zu.« Dann streifte sie ihre Badekappe über, streckte die Arme über dem Kopf aus, beugte die Knie und sprang kopfüber hinein, ließ sich einen Moment treiben, durchbrach dann die Wasseroberfläche und schwamm mit angewinkelten Armen und zusammengelegten Fingern, durchschnitt das Wasser mit leichten, ausgreifenden Bewegungen bis zur gegenüberliegenden Seite und wieder zurück. Die alten Leute – Rancher, dachte ich, und geschiedene Frauen von Farmern – schauten ihr neidisch und schweigend zu. Und ich schaute auch zu und dachte, daß jemand anders, der meine Mutter sah, nicht ich oder mein Vater, sondern jemand, der sie nie zuvor gesehen hatte, sie ganz anders empfinden würde. Er würde denken: »Das ist eine glückliche Frau«, oder »Das ist eine Frau mit einer wirklich guten Figur«, oder »Das ist eine Frau, die ich gern näher kennenlernen würde, obwohl ich das nie schaffen werde.« Und ich dachte, daß mein Vater kein dummer Mann war und daß Liebe etwas Dauerhaftes war, auch wenn sie manchmal zu verschwinden und keine Spur mehr zu hinterlassen schien.

Am ersten Dienstag im Oktober, am Tag, bevor die World Series* begannen, kam mein Vater erst nach Einbruch der Dunkelheit nach Hause. Es war kühl und trocken draußen, und als er durch die Hintertür kam, leuchteten seine Augen, sein Gesicht war gerötet, und er sah aus, als wäre er gelaufen.

»Nun guck mal, wer da kommt«, sagte meine Mutter, allerdings in einem freundlichen Ton. Sie schnitt auf dem Küchentresen Tomaten und wandte sich zu ihm um und lächelte.

»Ich muß mir 'ne Tasche packen«, sagte mein Vater. »Ich kann heute abend nicht hier essen, Jean.« Er ging direkt nach hinten in ihr Zimmer. Ich saß neben dem Radio und wartete auf die Baseballreportage, und ich konnte hören, wie er eine Schranktür öffnete und Kleiderbügel hin und her schob.

Meine Mutter sah mich an, sagte dann mit ruhiger Stimme zur Diele gewandt: »Wo willst du hin, Jerry?« Sie hielt ein Küchenmesser in der Hand.

»Ich fahr zu dem Feuer«, sagte mein Vater laut aus dem Schlafzimmer. Er war aufgeregt. »Ich hab auf meine

* Die Endspiele der amerikanischen Baseballmeisterschaften. A. d. Ü.

34

Chance gewartet. Ich hab erst vor dreißig Minuten gehört, daß eine Stelle frei ist. Ich weiß, daß das überstürzt kommt.«

»Verstehst du denn überhaupt was von Feuer?« Meine Mutter sah noch immer auf die leere Tür, als ob mein Vater in ihr stände. »Ich kenn mich ein bißchen damit aus«, sagte sie. »Mein Vater war Gutachter. Erinnerst du dich?«

»Ich mußte in der Stadt ein paar Kontakte machen«, sagte mein Vater. Ich wußte, daß er auf dem Bett saß und andere Schuhe anzog. Das Deckenlicht war an, und er hatte seine Tasche hervorgeholt. »Es ist nicht leicht, diesen Job zu kriegen.«

»Hast du mich gehört?« fragte meine Mutter. Auf ihrem Gesicht lag ein Ausdruck von Ungeduld. »Ich sagte, du hast doch gar keine Ahnung von Feuern. Du wirst dich verbrennen.« Sie sah auf die Hintertür, die er halb offengelassen hatte, aber sie ging nicht hin, um sie zu schließen.

»Ich hab in der Bücherei über Brände nachgelesen«, sagte mein Vater. Er kam durch die Diele und ging ins Badezimmer, wo er das Licht anmachte und den Medizinschrank öffnete. »Ich denk, ich weiß schon genug, um nicht umzukommen.«

»Hättest du mir vielleicht mal was davon sagen können?« sagte meine Mutter.

Ich hörte, wie der Medizinschrank geschlossen wurde, und mein Vater erschien in der Küchentür. Er sah jetzt anders aus. Er sah aus, als sei er ganz sicher, daß er im Recht war.

»Ich hätte das tun sollen«, sagte er. »Aber ich hab's einfach nicht getan.« Er hatte sein Rasierzeug in der Hand.

»Du fährst da nicht raus.« Meine Mutter blickte quer durch die Küche auf meinen Vater, über meinen Kopf hinweg, und sie schien zu lächeln. »Das ist eine dumme Idee«, sagte sie und schüttelte den Kopf.

»Nein, das ist es nicht«, sagte mein Vater.

»Das ist doch gar nicht deine Sache«, sagte meine Mutter, zog ihre blaue Schürze hoch und wischte sich damit die Hände ab, obwohl ich glaube, daß ihre Hände gar nicht feucht waren. Sie war nervös. »Du mußt das nicht machen. Ich arbeite doch jetzt.«

»Ich weiß, daß du arbeitest«, sagte mein Vater. Er drehte sich um und ging wieder ins Schlafzimmer. Ich wollte von da weg, wo ich war, aber ich wußte nicht, wo ein besserer Platz für mich war, weil ich hören wollte, was sie noch sagen würden. »Wir werden da oben Feuerschneisen graben«, sagte er aus dem Schlafzimmer. Ich hörte, wie die Schlösser an seiner Tasche zuschnappten. Er erschien wieder in der Tür und hatte eine Gladstone-Tasche in der Hand, eine Tasche, die sein Vater ihm geschenkt hatte, als er aufs College gegangen war. »Du bist nicht in Gefahr«, sagte er.

»Vielleicht sterb ich, während du weg bist«, sagte meine Mutter. Sie setzte sich an den Metalltisch und starrte ihn an. Sie war wütend. Ihr Mund sah hart aus. »Du hast einen Sohn hier«, sagte sie.

»Es dauert bestimmt nicht sehr lange«, sagte mein Vater. »Es wird ziemlich bald anfangen zu schneien, und dann ist's sowieso vorbei.« Er sah mich an. »Was denkst du, Joe? Ist das 'ne schlechte Idee?«

»Nein«, sagte ich. Und ich sagte es zu schnell, ohne zu überlegen, was es für meine Mutter bedeutete.

»Du würdest das auch machen, nicht?« sagte mein Vater.

»Würde es dir auch gefallen, wenn dein Vater da draußen verbrennt und du ihn nie wiedersiehst?« sagte meine Mutter zu mir. »Dann fahren du und ich geradewegs zur Hölle. Wie findest du das?«

»Sag so was nicht, Jean«, sagte mein Vater. Er stellte seine Tasche auf den Küchentisch, kam herüber und kniete neben meiner Mutter und versuchte, die Arme um sie zu legen. Aber sie stand von ihrem Stuhl auf und ging wieder dahin, wo sie Tomaten geschnitten hatte, und nahm das Messer und richtete es auf ihn, er kniete immer noch neben dem leeren Stuhl.

»Ich bin eine erwachsene Frau«, sagte sie, und sie war jetzt sehr wütend. »Warum kannst du dich nicht wie ein erwachsener Mann benehmen, Jerry?«

»Man kann nicht alles erklären«, sagte mein Vater.

»Ich kann alles erklären«, sagte meine Mutter. Sie legte das Messer wieder hin und ging durch die Küchentür und ins Schlafzimmer, in dem sie mit meinem Vater nicht mehr geschlafen hatte, und schloß die Tür hinter sich.

Mein Vater blickte mich an, von da aus, wo er noch immer neben ihrem Stuhl kniete. »Ich nehm an, ich denk im Moment nicht sehr klar«, sagte er. »Meinst du das auch, Joe?«

»Nein«, sagte ich. »Denk ich nicht.«

Und ich dachte wirklich, daß es eine gute Idee war loszufahren, um den Waldbrand zu bekämpfen, obwohl er dabei getötet werden konnte, weil er nichts davon verstand. Aber ich wollte ihm das alles nicht sagen, denn wie würde er sich dabei fühlen?

Mein Vater und ich gingen in der Dunkelheit von zu Hause hinunter zum Freimaurertempel an der Central Avenue. Ein gelber Cascade-County-Schulbus parkte an der Ecke der Ninth, und Männer standen in Gruppen da und warteten darauf, daß es losging. Einige der Männer waren Penner. Ich konnte das an ihren Schuhen und Mänteln erkennen. Während einige ganz normale Männer waren, die einfach arbeitslos waren, dachte ich. Drei Frauen, die auch mitfuhren, warteten zusammen unter der Straßenlaterne. Und im Bus, im Dunkeln, konnte ich sehen, daß auf einigen Sitzen Indianer saßen. Ich konnte ihre runden Gesichter sehen, ihr fettiges Haar, den Lichtreflex von ihren Sonnenbrillen in der Dunkelheit. Niemand wollte zu ihnen in den Bus steigen, und einige der Männer tranken. Ich konnte Whisky in der Abendluft riechen.

Mein Vater legte seine Tasche auf einen Stapel Gepäck neben dem Bus, kam dann wieder und stellte sich neben mich. Der Freimaurertempel – der eine Treppe mit hohen Stufen besaß, die zur gläsernen Eingangstür führte – war hellerleuchtet. Einige Männer waren drinnen und sahen hinaus. Einer, der Mann, den ich mit meinem Vater im Jack 'n Jill gesehen hatte, hatte ein Clipboard in der Hand und redete mit einem Indianer, der neben ihm stand. Mein Vater winkte ihm zu.

»Die Leute packen andere immer in Schubladen«, sagte mein Vater. »Aber das solltest du nicht tun. Das sollten sie dir in der Schule beibringen.«

Ich sah mir die Männer um mich herum an. Die meisten waren nicht warm genug angezogen und traten von einem Bein aufs andere. Sie sahen aus wie Männer, die an Arbeit gewöhnt sind, obwohl sie nicht gerade froh schienen, mitten in der Nacht loszufahren, um einen Brand zu bekämpfen. Keiner von ihnen sah aus wie mein Vater, der voller Eifer schien.

»Was wirst du da draußen machen?« fragte ich.

»An einer Brandschneise arbeiten«, sagte mein Vater. »Sie legen Gräben an, die das Feuer nicht überspringen kann. Mehr weiß ich auch nicht, um die Wahrheit zu sagen.« Er schob die Hände in die Jackentaschen und blies in sein Hemd. »Ich hab diese Unruhe im Kopf. Ich muß was dagegen tun.«

»Versteh ich«, sagte ich.

»Sag deiner Mutter, daß ich sie nicht ärgern wollte.«

»Mach ich«, sagte ich.

»Wir wollen aber nicht in unsern Särgen wieder aufwachen, oder? Das wär 'ne böse Überraschung.« Er legte eine Hand auf meine Schulter, zog mich zu sich heran, drückte mich und lachte ein seltsames kleines Lachen, als ob diese Vorstellung ihm tatsächlich Angst gemacht hätte. Er blickte über die Central Avenue auf die Pheasant Lounge, in die ich ihn vor einer Woche hatte gehen sehen. Auf dem roten Neonzeichen über der Tür flog ein großer Fasanenhahn auf in die Nachtluft, die Flügel ausgestreckt in die Dunkelheit – auf der Flucht. Einige Männer, die am Freimaurertempel warteten, gingen jetzt über die Straße und in die Bar. »Ich denk jetzt bloß an das hier«, sagte er. Er drückte noch einmal meine Schulter, steckte die Hände dann wieder in die Jackentaschen. »Frierst du nicht?«

»Ein bißchen«, sagte ich.

»Dann geh doch nach Hause«, sagte er. »Du mußt nicht zugucken, wie ich in einen Bus steige. Das dauert vielleicht noch lange. Deine Mutter macht sich wahrscheinlich schon Sorgen um dich.«

»In Ordnung«, sagte ich.

»Sie braucht nicht auch noch auf dich böse zu werden. Sie ist schon böse genug auf mich.«

Ich blickte meinen Vater an. Ich versuchte, sein Gesicht im Straßenlicht zu sehen. Er lächelte und sah mich an, und ich glaube, er war glücklich in dem Augenblick, glücklich, daß ich bei ihm war, glücklich, daß er jetzt zu diesem Feuer fuhr, um zu riskieren, was auch immer er riskieren wollte. Mir aber erschien es seltsam, daß er ein Mann sein konnte, der seinen Lebensunterhalt mit Golfspielen verdiente, und dann auf einmal ein Mann werden konnte, der Waldbrände bekämpfte. Aber genau das war es, was geschah, und ich dachte, ich würde mich schon daran gewöhnen.

»Bist du jetzt schon zu alt, um deinem alten Dad einen Kuß zu geben?« sagte mein Vater. »Männer lieben einander auch. Das weißt du doch, nicht?«

»Ja«, sagte ich. Und er nahm meine Wangen zwischen seine Hände und küßte mich auf den Mund und drückte

mein Gesicht. Sein Atem roch süß, und sein Gesicht war
rauh.

»Sei nicht enttäuscht von dem, was deine Eltern tun«,
sagte er.

»In Ordnung«, sagte ich, »das tu ich schon nicht.« Aus irgendeinem Grund bekam ich dann Angst, und ich dachte,
daß ich ihm das auch zeigen würde, wenn ich blieb, also
drehte ich mich um und ging in der Dunkelheit und der
zunehmenden Kälte die Central wieder hinauf. Als ich an
der Ecke war, drehte ich mich um, um zu winken. Aber
mein Vater war nicht zu sehen, und ich dachte, daß er
wahrscheinlich in den Bus gestiegen war und irgendwo
zwischen den Indianern wartete.

Als ich nach Hause kam, waren in unserem Haus noch die Lichter an. Meine Mutter sah, noch angezogen, im Schlafzimmer fern und trank ein Glas Bier. Als ich hereinkam, schaute sie mich an, als wäre ich mein Vater und als dächte sie, was immer sie über ihn dachte, jetzt auch über mich.

»Ist er jetzt los, um sein großes Feuer zu bekämpfen?« sagte sie. Die Art, wie sie das sagte, war beinahe beiläufig. Sie stellte das Glas auf ihrem Nachttisch ab.

»Er ist in einen Bus gestiegen«, sagte ich.

»Wie ein Schuljunge«, sagte sie. Sie blickte auf ihr Bierglas.

»Er hat mir gesagt, daß er nicht vorhatte, irgendwelchen Ärger zu machen.«

»Das stimmt sicher«, sagte meine Mutter. »Er hat immer nur die besten Absichten. Was meinst du dazu?«

»Ich find es in Ordnung«, sagte ich.

Meine Mutter griff nach ihrem Glas und nahm einen Schluck und schüttelte den Kopf, während sie trank. »Und was ist mit mir?« fragte sie und stützte das Glas auf ihren Bauch. Aus dem Fernseher kam Gelächter. Ein dicker Mann rannte um einen dünnen herum und wurde von einem Hund gejagt. Ich fühlte mich nicht wohl in ihrem Zimmer. »Vielleicht will er mich verlassen. Vielleicht sind wir jetzt schon auf uns allein angewiesen.«

»Ich glaub nicht, daß er das tut«, sagte ich.

»Wir waren uns in letzter Zeit nicht sehr nahe. Das kannst du ruhig wissen.«

Ich sagte nichts.

»Du denkst wahrscheinlich, daß ich zuviel Wind um diese Sache mache, oder?«

»Ich weiß nicht, was du denkst«, sagte ich.

»Keiner will wirklich was für einen tun, das ist alles.« Sie schüttelte den Kopf, als ob das fast ein Witz wäre. »Das ist alles. Alle denken nur an sich. Wenn man damit zurechtkommt, dann ist alles wunderbar. Wenn nicht, dann hat man Pech gehabt. Das ist wichtig«, sagte meine Mutter. »Das ist der Schlüssel zu allem.« Sie legte den Kopf wieder auf das Kissen und starrte auf die runde Deckenlampe. »Glück. Trauer. Das ganze Theater. Man ist glücklich, wenn...«

Genau in diesem Augenblick begann das Telefon in der Küche zu läuten. Ich drehte mich um, um ranzugehen, aber meine Mutter sagte: »Laß uns nicht rangehen.« Das Telefon läutete immer weiter, laut und mit einem harten metallischen Geräusch gegen den Tisch, als ob derjenige, der anrief, irgend etwas Dringendes loswerden wollte. Aber wir wollten es nicht hören. Ich muß nervös gewirkt haben, denn meine Mutter lächelte mich an, mit einem Lächeln, mit dem sie mich schon mein ganzes Leben angelächelt hatte. »Wer, glaubst du, ist das?« fragte sie. Das Telefon hörte auf zu läuten, und das Haus war bis auf den Fernseher vollkommen still.

»Vielleicht war es Dad«, sagte ich.

»Ja, vielleicht«, sagte sie.

»Ist auch möglich, daß jemand 'ne falsche Nummer hatte«, sagte ich, obwohl ich glaubte, daß der Anrufer mein Vater gewesen war, und Angst hatte, weil ich nicht rangegangen war.

»Jetzt werden wir es nicht mehr erfahren«, sagte meine Mutter. »Aber. Was ich gerade sagte.« Sie nahm einen letzten Schluck Bier. »Man wird glücklich, wenn das, was man sowieso will, auch die andere Person glücklich macht. Wenn das nicht so ist, dann weiß ich nicht. Dann ist man im Limbo, nehm ich an.«

»Was ist das denn?« fragte ich, weil ich das Wort noch nie gehört hatte.

»Oh«, sagte sie. »Das ist ein Ort, wo niemand sein möchte. Das ist die Mitte, wo man die Ränder nicht mehr spürt und wo nichts passiert. Wie jetzt.«

Einen Augenblick lang hatte ich ein Gefühl, als ob das Telefon wieder läuten würde, ich spürte einen Strom durch die Leitungen im Hause ziehen, als wären sie Teil meiner selbst, lebendig und von einer Nachricht surrend. Aber es läutete nicht, und in mir verebbte das Gefühl wieder.

»Morgen ist vielleicht ein besserer Tag«, sagte meine Mutter. »Im Moment ist's nicht so toll.« Sie streckte die Hand aus und knipste die Lampe neben ihrem Bett aus. »Mach das Licht aus, Joe«, sagte sie. Ich machte das Deckenlicht aus. »Und geh auch ins Bett«, sagte sie, während sie in ihren Kleidern im Licht des Fernsehers dalag. »Es wird schon was geschehen, damit alles anders aussieht.«

»Das hoffe ich«, sagte ich.

Meine Mutter drehte sich zur Wand. Ich glaubte, daß sie auf der Stelle eingeschlafen war, weil sie nichts mehr zu mir sagte. Und ich ging durch die Diele in mein Zimmer, und kurze Zeit später schlief ich auch ein.

Am nächsten Tag ging ich zur Schule wie an jedem anderen Tag auch, aber meine Mutter sagte mir, als ich ging, daß sie an diesem Morgen losgehen wollte, um sich einen besseren Job zu suchen, als bloß Schwimmunterricht zu geben.

»Ich will nicht arm sein«, sagte sie. Sie stand in ihrem Unterrock am Waschbecken im Badezimmer und steckte sich schwarze Nadeln ins Haar. »Wir müssen vielleicht in ein kleineres Haus ziehen«, sagte sie. »Ich hab darüber nachgedacht. Würde dir das was ausmachen?«

»Ich glaub, daß Dad wiederkommt«, sagte ich.

»Glaubst du?« sagte sie. »Ist das deine wohlüberlegte Meinung zu diesem Thema?« Sie sah mich an, wie ich da in der Diele stand, meine Jacke hielt und meine Schulbücher unterm Arm hatte. Es war warm im Haus. Der Boiler im Badezimmer war hochgedreht, und ich konnte die kleinen blauen Flammen sehen.

»Ja«, sagte ich. »Das ist sie.« Es überraschte mich, daß sie schon an solche Veränderungen dachte.

»Gut. Ich werd das nicht vergessen«, sagte sie. »Danke.« Sie blickte mich an mit ihren Haarnadeln im Mund und den Händen im Haar und nickte. »Du hast viel Vertrauen zu den Menschen. Du wärst kein guter Rechtsanwalt. Aber du willst auch nicht Anwalt werden, oder?«

»Nein«, sagte ich.

»Was *willst* du denn werden?«

Das war etwas, worüber wir schon seit langem nicht mehr geredet hatten, und ich hatte keine Antwort parat. »Ich würd gern bei der Eisenbahn arbeiten«, sagte ich.

»Das ist aber nichts«, sagte meine Mutter. »Du mußt dir einen besseren Beruf suchen. Wenn du heute nach Hause kommst, komm mit einer besseren Antwort.« Meine Mutter betrachtete sich im Spiegel. »Wir sind aufs College gegangen«, sagte sie. »Dein Vater und ich, beide. Aber man würd's uns nicht anmerken.« Sie starrte sich an und zog die Nase kraus. »Schön ist, wer schön handelt«, sagte sie. »Du verschwendest deine Zeit, wenn du hier rumstehst und mir zuguckst, Liebling. Geh zur Schule.« Und ich ging zur Schule, wie sie gesagt hatte.

Als ich um drei Uhr nach Hause kam – es war nicht einer der Tage, an denen ich in dem Fotostudio arbeitete –, parkte ein Wagen gegenüber unserem Haus, ein viertüriger, rosa Oldsmobile, den ich nicht kannte, und ein Mann war in unserem Wohnzimmer, ein Mann, den ich auch nicht kannte.

Der Mann stand auf, als ich hereinkam. Er und meine Mutter hatten in den Sesseln gesessen, nicht sehr dicht beieinander. Das Haar meiner Mutter war mit den schwarzen Nadeln hochgesteckt, die sie am Morgen benutzt hatte, und der Mann trug einen Anzug und einen Schlips. Es war immer noch warm im Haus, und sie tranken beide eine Flasche Bier. Meine Mutter hatte ihre Schuhe abgestreift und war in Strümpfen.

»Hallo da, Joe«, sagte sie. Sie schien überrascht. Sie lächelte mich an und blickte nicht zu dem Mann hinüber, der mit ihr in dem Zimmer war. »Ich nehm an, du hast heute nicht gearbeitet.« Sie zeigte mit der Hand auf den Mann, um ihn vorzustellen. »Das ist Mr. Miller. Das ist mein Sohn, Joe Brinson, Warren.«

»Ich kenn Joe schon«, sagte der Mann. Er kam mit ausgestreckter Hand auf mich zu, und ich sah, daß er auf einem Bein hinkte, nicht schlimm, nur ein Hinken, das ihn ein Stück zur Seite zog, wie das geschieht, wenn ein Bein kürzer ist als das andere. Es war sein linkes Bein, auf dem er hinkte, und es schien ihm nicht wehzutun, denn er lächelte, als er meine Hand schüttelte. Er war ein großer, breiter Mann, er trug eine Brille, und er war älter als mein Vater – fünfzig vielleicht. Er hatte dünnes Haar, das gerade zurückgekämmt war. Er sah aus wie jemand, den ich schon mal gesehen hatte, aber an den ich mich nicht mehr erinnern konnte. Ich glaubte nicht, daß ich seinen Namen je gehört hatte. Warren Miller.

Als Warren Miller meine Hand in seiner eigenen großen Hand hielt, drückte er sie einen Moment lang fest, als wolle er, daß ich merkte, daß er es so meinte. Seine Haut war warm, und er hatte einen großen Ring an der Hand, einen goldenen Ring mit einem roten Stein. Er trug glänzende schwarze Cowboystiefel.

»Freut mich, dich zu sehen, mein Junge«, sagte er. Ich konnte ihn riechen, etwas wie Tabak und Haaröl an seinen Sachen riechen.

»Freut mich auch«, sagte ich.

»Woher kennst du Joe?« sagte meine Mutter, immer noch lächelnd. Sie schaute mich an und zwinkerte mir zu.

»Ich kenn seinen Vater«, sagte Warren Miller. Er trat einen Schritt zurück und stützte die Hände in die Hüften, so daß die Jacke zurückgeschoben wurde und man seine kräftige Brust sah. Seine Haut war sehr blaß, und er war über einsachtzig. Er sah mich prüfend an. »Sein Vater ist ein Wahnsinnsgolfspieler. Ich hab mit ihm zweimal im Wheatland Club gespielt, und er hat uns alle um 'ne Stange Geld gebracht. Joe wartete damals auf ihn.«

»Weißt du das noch, Joe?« sagte meine Mutter.

»Ja«, sagte ich. Aber ich erinnerte mich nicht daran. Warren Miller sah mich an, als wüßte er, daß ich mich nicht daran erinnerte.

»Und jetzt ist dein Vater da draußen, um diesen Brand zu bekämpfen, stimmt's?« sagte Warren Miller. Er lächelte, als sei daran etwas, das ihm gefiel. Er behielt seine großen Hände auf den Hüften.

»Ja«, sagte ich, »das ist er.«

»Das hat er *uns* jedenfalls erzählt«, sagte meine Mutter.

»Also, das ist doch großartig«, sagte Warren Miller. »Das ist sehr gut. Hättest du auch Lust, rauszufahren und mitzumachen? Hast du wahrscheinlich, was?«

»Ja«, sagte ich.

»Ich glaub, das hat er wirklich, Warren, so verrückt das klingt«, sagte meine Mutter, die immer noch dasaß und zu uns aufschaute. »Sein Dad und er haben im Moment zu fast allem die gleichen Ansichten.«

»Es gibt einfach nicht mehr genug, das uns umbringen könnte, nehm ich an«, sagte Warren Miller. »Ich hab so was auch schon empfunden. Männer verstehen das.«

»Männer verstehen nicht viel«, sagte meine Mutter. »Das ist nicht gerade ihre Stärke. Und sie wachen auch nicht heulend auf. Das machen die Frauen für sie.«

»Das hab ich noch nie gehört«, sagte Warren Miller, »du etwa, Joe? Ich bin reichlich oft heulend aufgewacht. Zum Beispiel in Songjin.« Er wandte sich um und sah meine Mutter an. Ich glaube, er wollte noch mehr zu diesem Thema sagen, aber alles, was er sagte, war: »Korea.«

»Warren will sich ein Buch von mir ausleihen, Joe«, sagte meine Mutter und stand auf. »Ich hol es mal eben.« Sie ging nach hinten ins Schlafzimmer. Ihre Bücher standen auf dem Boden des begehbaren Schranks hinter ihren Schuhen.

»Das stimmt«, sagte Warren Miller, und ich nehme an, er meinte damit das Buch. Er schaute mich wieder an. »Manchmal muß man das Falsche tun, nur um zu merken, daß man überhaupt noch lebt«, sagte er, aber mit leiser Stimme, einer Stimme, die meine Mutter wohl nicht hören sollte.

»Ich verstehe«, sagte ich, weil ich das wirklich verstand. Ich dachte, daß es das war, was mein Vater am vorigen Abend gemeint hatte, als er im Dunkeln stand und darauf wartete, in den Bus zu steigen.

»Nicht jeder weiß das«, sagte Warren Miller. »Das garantier ich dir.« Er griff in die Hosentasche, und dann tauchte seine große Hand wieder mit etwas auf, das sie umschlossen hielt. »Ich möchte dir was schenken, Joe«, sagte er. Als er die Hand öffnete, lag ein kleines Messer darin, ein schmales Taschenmesser aus Silber. Auf dem Griff stand in winzigen Blockbuchstaben: BURMA – 1943. »Mancher Ärger ist es allerdings nicht wert«, sagte er. »Das hier wird dich daran erinnern, die richtige Wahl zu treffen.«

»Danke«, sagte ich. Ich nahm das Messer, das warm und hart und schwerer war, als ich erwartet hatte. Einen Augenblick lang hatte ich das Gefühl, ich sollte es nicht nehmen.

Nur, ich wollte es wirklich und mochte Warren Miller, weil er es mir gegeben hatte. Ich wußte, daß er es meiner Mutter nicht sagen würde, und ich würde das auch nicht tun.

»Die Leute machen letztlich alles«, hörte ich meine Mutter aus dem anderen Zimmer sagen. Ich hörte, wie sich die Schranktür schloß, hörte ihre Schritte auf dem Fußboden. Sie erschien in der Tür zur Diele. »Habt ihr gehört, was ich gesagt habe?« Sie hatte ein kleines Buch in der Hand, und sie lächelte. »Heckt ihr zwei hier was gegen mich aus?« fragte sie.

»Wir unterhalten uns nur so«, sagte Warren Miller. Ich ließ das silberne Messer in die Hosentasche gleiten.

»Das hoffe ich auch«, sagte meine Mutter. »Hier.« Sie hielt ihm das Buch hin. »Aus meiner Privatbibliothek. Ex Libris Jeanette«, sagte sie.

»Was ist das?« fragte Warren Miller. Er nahm das Buch und betrachtete den Umschlag, der dunkelblau war.

»Das, wonach du gefragt hast«, sagte meine Mutter. »Ausgewählte Gedichte von William Wordsworth. ›Im Erwerben und im Ausgeben verschwenden wir unsere besten Kräfte.‹ Daran kann ich mich noch erinnern.«

»Daran erinner ich mich auch«, sagte Warren Miller. Er hielt das Buch in beiden Händen und schaute auf den Umschlag hinunter.

»Ich habe Mr. Miller vor kurzem das Schwimmen beigebracht«, sagte meine Mutter. »Jetzt würd er gern lernen, wie man Gedichte liest.« Sie lächelte ihn an und setzte sich wieder in ihren Sessel. »Außerdem wird er mir einen Job in seinem Getreidesilo geben«, sagte sie.

»Genau«, sagte Warren Miller. »So ist es.«

»Mr. Miller besitzt ein Getreidesilo«, sagte meine Mutter.

»Genaugenommen hat er drei. Die hast du bestimmt schon mal gesehen, Liebling.« Sie sah sich kurz zur Rückseite unseres Hauses um und zeigte mit dem Arm über ihren Kopf dorthin. »Auf der anderen Seite des Flusses. Diese großen weißen Dinger. Das ist unsere Skyline hier. Die sind wahrscheinlich voller Hafer, wie Warren.«

»Was *ist* denn nun da drin?« fragte ich.

»Weizen«, sagte Warren Miller. »Obwohl dieses Jahr kein gutes Jahr war. Es ist zu heiß.«

»Es ist zu trocken«, sagte meine Mutter, »falls wir's noch nicht bemerkt haben sollten. Deshalb haben wir jetzt diese großen Brände.«

»Das stimmt«, sagte Warren Miller, und er sah unbehaglich aus. Er hielt das schmale Buch in einer Hand und rückte näher zur Haustür. Es kam mir alles komisch vor: daß er da war, daß er in den Fünfzigern war, daß er meine Mutter kannte. Ich versuchte, ihn mir in einer Badehose vorzustellen. »Ich hab noch was zu erledigen«, sagte er. Er legte seine Hand mit dem großen goldenen und roten Ring auf meine Schulter. Ich konnte den Ring auf den Schulterknochen spüren. »Freut mich, daß ich dich kennengelernt habe, Joe«, sagte er.

»Freut mich auch«, sagte meine Mutter. Sie stand nicht auf. Sie wirkte seltsam, als ob irgend etwas sie bewegte, sie aber so tun wollte, als sei gar nichts.

»Kommst du morgen mal vorbei, Jeanette?« sagte Warren Miller. Er hinkte, als er sich auf die Tür zu bewegte.

»Mach ich«, sagte meine Mutter, »werd ich tun. Joe, mach Mr. Miller die Tür auf.«

Und das tat ich auch, mit den Schulbüchern in der Hand und dem silbernen Messer, das er mir gegeben hatte, in der Tasche.

»Ich hoffe, ich seh dich mal wieder«, sagte Warren Miller zu mir.

»Das ist sehr wahrscheinlich«, sagte meine Mutter.

Wir schauten Warren Miller nach, als er unsere Eingangstreppe hinunterhinkte und durch das Gartentor zu seinem Oldsmobile ging, der in dem trockenen Laub auf der anderen Straßenseite parkte.

»Er ist ein netter Mann«, sagte meine Mutter, saß da und schaute mich an, als ich die Tür geschlossen hatte. »Findest du ihn nicht auch nett?«

»Doch, doch, find ich auch.«

»Er kann ganz gut schwimmen. Du wärst überrascht – wo er so schwer ist. Er hat in zwei Kriegen gekämpft, aber nie Schwimmen gelernt. Ist das nicht merkwürdig? Eigentlich sollte das doch gar nicht möglich sein.« Sie sah an die Decke, als ob sie darüber nachdachte. »Ich hab gesagt, ich könnte alles erklären, nicht? Aber das kann ich nicht.«

Ich sah aus dem Fenster auf den Oldsmobile, der immer noch so dastand wie vorher. Warren Miller saß auf dem Fahrersitz und blickte auf unser Haus. Ich hob die Hand und winkte ihm zu. Aber er konnte mich nicht sehen. Er saß da und guckte noch eine Weile, dann ließ er den Motor an und fuhr weg.

Um fünf Uhr kam meine Mutter in das Zimmer, wo ich an einer Hausaufgabe für Geometrie arbeitete. Sie hatte ein bißchen geschlafen, nachdem Warren Miller gegangen war, dann ein Bad genommen und telefoniert. Als sie in mein Zimmer kam, war sie auf eine Art gekleidet, die mir neu war. Sie trug Blue Jeans und ein weißes Westernhemd und blaugefärbte Cowboystiefel. Ich wußte, daß sie die besaß, hatte sie sie aber nie tragen sehen. Um den Hals hatte sie ein rotes Tuch, das mit einem Knoten zugebunden war.

»Gefällt dir diese ganz besondere Aufmachung?« fragte sie und schaute auf ihre Stiefelspitzen hinunter.

»Sieht gut aus«, sagte ich.

»Ich danke dir von Herzen.« Sie musterte sich selbst im Spiegel über meiner Kommode auf der andern Seite des Zimmers. »Früher in Washington bin ich immer so rumgelaufen«, sagte sie . »Im vorigen Jahrhundert.« Sie nahm den Türknopf in die Hand und drehte ihn sanft, während sie da stand. »Ich stand immer hinter den Stierschleusen bei den Rodeos und hoffte, daß ich irgendeinem der Cowboys gefiel. Mein Vater wurde fuchsteufelswild darüber. Er wollte, daß ich aufs College ging, was ich dann ja auch getan hab. Und wo ich, nebenbei gesagt, auch möchte, daß du hingehst.«

»Ich will ja«, sagte ich. Ich hatte daran schon ab und zu gedacht, aber mir war noch nicht klar, was ich werden wollte. Ich hatte gehofft, sie würde mich nicht so bald wieder danach fragen.

»Southern Cal* ist sehr gut«, sagte meine Mutter. Sie sah aus dem Fenster, beugte sich ein wenig hinunter, als wollte sie bis in den Westen schauen. »Ich fände es gut, wenn du da hingehst. Oder Harvard. Das sind beides gute Unis.«

»Da würd ich schon hingehen«, sagte ich. Ich wußte weder, wo die Universitäten genau waren, noch warum sie gut waren. Ich hatte nur ihre Namen schon mal gehört.

»Ich hab dich noch nie mit zu einem Rodeo genommen, glaub ich«, sagte sie. »Das tut mir leid.« Sie lehnte in der Tür zu meinem Zimmer, sah mich an, wie ich mit meinen Büchern und Papieren auf meinem Bett lag. Sie dachte über etwas nach, das nichts mit mir zu tun hatte, vermutete ich. Vielleicht dachte sie an meinen Vater. »Jungs im Westen müssen eigentlich zu Rodeos gehen. Was soll's. Ich hab in Briscoe Faßrennen mitgemacht. Und wie. Gegen andere Mädchen. Und ich hab diese Sachen angehabt. Ich hab das aus dem herzlich einfachen Grund gemacht, Aufmerksamkeit zu erregen. Sie haben uns immer die Schleusen-Schönen genannt. Ist das nicht interessant? Ist das nicht eine eindrucksvolle Erkenntnis über deine Mutter? Daß sie eine Schleusenschönheit war?«

»Dad hat mir das erzählt«, sagte ich. »Er mochte das.«

»Hat er das? Tut er das? Das ist gut. Es ist wahrscheinlich ganz nett zu wissen, daß deine Eltern einmal nicht deine

---

* Gemeint ist die University of Southern California. A. d. Ü.

Eltern waren. Im Augenblick kommt mir das wie eine Gnade vor.«

»Das war mir auch schon klar«, sagte ich.

»Na, schön für dich«, sagte meine Mutter. Sie ging um mein Bett herum, stand da und schaute aus dem Fenster, über unseren sonnigen Garten auf den Fluß und die Ölraffinerie und darüber hinaus auf den dunstigen Himmel, unter dem der Waldbrand tobte, den mein Vater bekämpfte. »Hättest du Lust, mit mir 'ne kleine Tour zu machen?« fragte sie und legte die Finger auf das Glas, als ob sie es eindrücken wollte. »Ich möchte mir das Feuer ansehen. Ich glaub, man kann ziemlich dicht ranfahren. Das hab ich in der Zeitung gelesen. Das kannst du dann als Anfang deiner höheren Schulbildung betrachten.«

»Ich würd's gerne sehen«, sagte ich und klappte mein Geometriebuch zu.

»Vielleicht sehen wir was Erstaunliches, an das du dich immer erinnern wirst«, sagte meine Mutter, die Finger immer noch auf der Fensterscheibe. »So was passiert nicht jeden Tag. Jedenfalls nicht in meinem Alter, ganz bestimmt nicht. Vielleicht in deinem Alter öfter.«

»Wie alt bist du?« fragte ich, weil mir plötzlich einfiel, daß ich nicht wußte, wie alt sie oder mein Vater war. »Siebenunddreißig«, sagte meine Mutter und sah mich scharf an. »Kommt dir das irgendwie verkehrt vor? Fändest du es besser, wenn ich fünfzig wäre? Würdest du dich dann besser fühlen?«

»Nein«, sagte ich. »Siebenunddreißig ist schon in Ordnung.«

»Fühlst du dich mit mir nicht sicher genug?«

»Darüber hab ich, glaub ich, noch gar nicht nachgedacht«, sagte ich.

»Ich werd nicht ewig so jung sein«, sagte sie. »Also fang gar nicht erst an, darüber nachzudenken. Es verwirrt dich nur.« Sie lächelte und schüttelte den Kopf. Ich dachte, sie würde lachen, aber sie lachte nicht. Sie ging bloß aus dem Zimmer und in ihr Schlafzimmer, um sich für die Fahrt zurechtzumachen.

Wir fuhren in unserem Plymouth von Great Falls nach Westen am Sun River entlang, die Bundesstraße 200 herunter, durch Vaughn und Simms und Fort Shaw und Sun River selbst, Städte am äußersten Rand der Weizenanbaugebiete, hinter ihnen lagen die großen Berge. Das Licht an diesem Abend war klares Herbstlicht, und alles – die Stoppeln, die Hirseflecken, die Pappeln am Fluß unterhalb der Fairfield-Terrassen – war golden und trocken, trug die Farben der Sonne. Wo sich das Wasser am Ufer des Flusses fing, waren Enten, und hin und wieder konnte ich einen Farmer sehen, der Silofutterschneisen in seine Maisfelder mähte. Mir schien es eine merkwürdige Zeit für einen Waldbrand zu sein. Doch vor uns, hinter Augusta, wo die Berge begannen, stieg Rauch auf wie ein Vorhang, der in nördlicher Richtung an den Bergwänden entlang nach Kanada trieb, unten dick und weiß, aber dünner darüber und verweht, so daß es, während meine Mutter immer näher heranfuhr und die Gipfel hinter dem Rauch verschwanden, allmählich so schien, als ob dort gar keine Berge waren, sondern dort, wo der dichte Rauch begann, die Prärie, ja die ganze Welt zu Ende war.

»Weißt du, wie sie bei einem Waldbrand die Bäume nennen?« fragte meine Mutter, als wir durch Augusta fuhren, wo es nur ein paar Häuser gab – ein Hotel und ein paar rote Barschilder, eine Tankstelle – und ein paar Leute auf dem Gehsteig.

»Wie?« fragte ich.

»Feuerholz. Bäume sind Feuerholz. Vier Füchse fliehen flugs vor dem flammenden Feuer. Hast du das schon mal gehört?«

»Nein«, sagte ich.

»Das war so'n Zungenbrecher, als ich im College war«, sagte sie.

»Weißt du, wie sie die Bäume nennen, die übrigbleiben, wenn der Brand vorbei ist?«

»Nein«, sagte ich.

»Die stehenden Toten«, sagte meine Mutter. »Haben sie nicht eine interessante Terminologie für alles? Mein Vater hat mir das erzählt. Er hatte das Gefühl, es würd meinen Horizont erweitern.«

»Was passiert mit den Tieren?« fragte ich.

»Oh, die passen sich an, obwohl es den kleinen ziemlich dreckig geht. Die sind völlig durcheinander. Alles geht so schnell, daß sie gar nicht wissen, wie ihnen geschieht. Ich hab deshalb immer geweint, aber mein Vater sagte, das würd auch nichts ändern. Er hatte recht.«

Wir fuhren durch Augusta und dann auf eine ungepflasterte Straße, die durch ein Flußtal und dann weiter in den weißen Rauch hineinführte. Es war schon später Nachmittag, und die Sonne stand weißlich hinter dem Rauch, und nördlich und südlich von uns war der Abendhimmel rot und purpurn.

Der Brand lag vor uns, obwohl wir noch keine Flammen sehen konnten. Auf der Strecke parkten hin und wieder Autos am Wegrand, und Leute standen im Gras oder saßen auf ihren Motorhauben, blickten durch Ferngläser und machten Fotos. Einige Wagen hatten Schilder von anderen Bundesstaaten, und einige Leute trugen Taschenlampen. Ein paar der Autos, die zurückfuhren, hatten Scheinwerfer an.

»Der Geruch ist ekelhaft«, sagte meine Mutter und räusperte sich. Ich wußte nicht, ob sie wußte, wo wir eigentlich hinfuhren. Sie fuhr einfach in den Rauch hinein. »Die Leute werden davon angezogen. Sie wollen nicht, daß es vorbeigeht.«

»Warum?« sagte ich und beobachtete den Hang über uns.

Als das Flußtal enger wurde, konnte ich einzelne, kleine, gelbe Feuer sehen und längere Feuerketten in der Dunkelheit und gerade noch erkennbare menschliche Gestalten, die sich zwischen den Bäumen bewegten.

»Oh, ich mein bloß so.« Meine Mutter schien verärgert. »Ich mein, vielleicht denken sie, daß irgendwo anders etwas noch Schlimmeres passiert und daß sie deshalb mit einer Tragödie, die sie schon kennen, besser zurechtkommen. Kein sehr großmütiger Gedanke.«

»Vielleicht stimmt das nicht«, sagte ich. Und das dachte ich, weil ich nicht sah, was das alles mit meinem Vater zu tun hatte.

»Vielleicht nicht«, sagte meine Mutter, »vielleicht bist du schlau, und ich bin blöd.«

»Magst du Miller?« sagte ich. Ich hatte das schon am Nachmittag wissen wollen, aber dann hatte ich das Gefühl gehabt, keinen Grund zu haben, sie das zu fragen, während das jetzt aus irgendeinem Grund anders zu sein schien.

»Meinst du Mr. Miller? Warren?« sagte meine Mutter.

»Ja«, sagte ich. »Magst du ihn?«

»Nicht sehr«, sagte sie. »Aber in seiner Nähe passiert was. Er hat so eine Ausstrahlung, findest du nicht?«

»Weiß ich nicht«, sagte ich. Ich hatte das Messer, das er mir gegeben hatte, in der Tasche. Er hatte es mir gegeben, damit ich ihn mochte. Aber das war alles, was mir passiert war, soweit es Warren Miller anging.

»Er wird mir 'nen Job als Buchhalterin in seinem Silo geben«, sagte meine Mutter. »Das ist was. Und er hat dich und mich eingeladen, morgen bei ihm zu Abend zu essen. Was ein glücklicher Umstand ist, weil ich vorhatte, ein paar Dosen aufzumachen. Warum?«

»Interessierte mich nur so«, sagte ich. In Wahrheit wollte ich wissen, was sie darüber dachte, daß mein Vater weg war, und ich hoffte, auf die Weise würde das Gespräch auf das Thema kommen. Aber das tat es nicht, und ich wußte nicht, wie ich sonst darauf kommen sollte.

»Es geht immer nur um einen selber«, sagte meine Mutter. »Um nichts sonst.«

»Was soll das heißen?« sagte ich.

»Nichts, mein Schatz. Ich hab bloß nachgedacht und geredet. Ist 'ne schlechte Angewohnheit. Du bist intelligent, du fragst immer nach. Dich wird immer alles überraschen. Du wirst ein wunderbares Leben haben.« Sie lächelte.

»Überrascht dich denn nichts?«

»Nicht viel«, sagte meine Mutter. »Ab und zu stoß ich auf etwas Unerwartetes. Aber das ist alles. Schau jetzt mal da hoch, Joe.«

Vor uns am Ende der Schlucht verbreiterte sich das Tal und öffnete sich auf eine weite Wiese, hinter der sich steil ein Hügel erhob, voller kleiner Brände zwischen spärlichen Bäumen.

»Hier kannst du's in seiner ganzen Pracht erleben«, sagte meine Mutter, und an dieser Stelle hielt sie, immer noch in der Schlucht, wo an einzelnen Flecken zehn Meter neben der Straße das Feuer brannte. Sie stellte den Motor ab. »Mach die Tür auf«, sagte sie. »Dann kriegst du mit, wie das ist.«

Ich machte die Tür an meiner Seite auf und stieg aus, auf die Straße, wie sie es mir gesagt hatte. Und überall um mich herum war Feuer, auf beiden Seiten des Hügels und vor mir und hinter mir. Die kleinen gelben Feuer und die Feuerketten flackerten so nah im Unterholz, daß ich sie hätte berühren können, wenn ich die Hand ausgestreckt hätte. Es gab ein Geräusch wie von einem Windzug, und die Zweige knackten im Feuer. Ich konnte die Hitze vorn an meinem ganzen Körper spüren, auf meinen Beinen und Fingern. Ich roch den schweren heißen Kieferngeruch von Bäumen und Boden in Flammen. Und alles, was ich wollte, war, davon wegzukommen, bevor es mich erreichte.

Ich stieg wieder ins Auto zu meiner Mutter und schloß die Tür. Es war sofort kühler und stiller.

»Na, wie war's?« sagte sie und sah mich an.

»Es ist laut«, sagte ich. Meine Hände und Beine fühlten sich immer noch heiß an.

»Hat es dir gefallen?« sagte meine Mutter.

»Nein«, sagte ich, »es hat mir Angst gemacht.« Und ich hatte wirklich Angst gehabt, als es so nah um mich herum war.

»Es sind bloß eine Menge kleiner Feuer, die ab und zu mal zusammenwehen. Du brauchst jetzt keine Angst zu haben«, sagte meine Mutter. »Du solltest bloß einmal sehen, was dein Vater so faszinierend findet. Verstehst du das?«

»Nein«, sagte ich, und ich dachte, daß mein Vater vielleicht selbst überrascht war, daß der Waldbrand so aussah, und wieder nach Hause kommen wollte.

»Ich versteh es auch nicht«, sagte meine Mutter. »Es hat überhaupt nichts Geheimnisvolles.«

»Vielleicht war er überrascht«, sagte ich.

»Das war er mit Sicherheit«, sagte meine Mutter. »Es tut mir leid, daß wir beide ihm seine Begeisterung nicht nachempfinden können.« Sie ließ den Motor an und fuhr weiter. Auf der Wiese war ein Zeltlager mit Lastwagen und provisorischer Beleuchtung, Lampen, die zwischen Holzpfählen an Kabeln hingen. Neben der Straße waren Brände. Kleine Brände. Leute bewegten sich im Lager – zumeist Männer, nahm ich an, die man hierhergebracht hatte, damit sie die Brände bekämpften. Einige konnte ich auf Feldbetten in den Zelten liegen sehen, deren Eingänge offengelassen waren. Einige standen da und redeten. Andere saßen in Lastwagen. Ein kleines dunkles Flugzeug mit einem weißen Stern am Heck stand weiter draußen auf der Wiese. Vor uns und auf der anderen Seite der Straße, auf der wir fuhren, war eine kleine Tankstelle, wo noch mehr Lastwagen standen, und ein weißes, beleuchtetes CAFÉ-

Schild hing im Dunkel des frühen Abends. Wir fuhren an einem Schild vorbei, auf dem stand, daß dies Truly, Montana, sei, obwohl schwer zu sagen war, was es zu einer Ortschaft machte. Es schien nur deshalb ein vom übrigen abgetrennter Platz zu sein, weil rundherum das Feuer loderte.

»Das ist ja was hier!« sagte meine Mutter und blickte durch die Windschutzscheibe, als wir in das kleine Truly fuhren. Sie zeigte auf das Zeltlager. »Das ist der Einsatzort da drüben«, sagte sie, »von wo alle aufbrechen und wohin sie wieder zurückkommen. Hier gibt es die ganze Zeit bloß Rauch. Du kannst ihm nie entkommen.«

»Glaubst du, wir können da reinfahren und Dad finden?«

»Nein, das können wir nicht«, sagte meine Mutter abrupt. »Der ist ja gerade frisch draußen. Die behalten ihn da, bis er umfällt. Dann wird er runterkommen, wenn er noch lebt. Ich werd nicht nach ihm suchen. Hast du Hunger?«

»Ja«, sagte ich. Aber ich beobachtete den Hang und hörte nur halb hin. Ich schaute zu, wie eine kleine Fichte oben in der Dunkelheit Feuer fing. Ein Funke hatte sie erwischt, und sie explodierte zu einer hellen, steil aufschießenden Flamme, die züngelte und brennende Teilchen in die Nacht und auf andere Bäume hinausschleuderte und den eigenen weißen Rauch aufwirbeln ließ und dann schnell erstarb, als der Wind auf dem Hang – ein Wind, der nicht blies, wo wir waren – umschlug und abflaute. Alles das geschah in einem einzigen Augenblick, und ich wußte, daß es gefährlich war, wenn auch auf eine wunderschöne Art. Und als ich da mit meiner Mutter im Auto saß, verstand ich, worin, wie ich glaubte, Gefahr bestand: gefährlich war etwas, das einen scheinbar nicht verletzen konnte, es dann aber schnell und tückisch tat. Und ich verstand nicht, warum mein Vater sich in Gefahr begab, es sei denn, daß ihm das Leben nicht mehr viel bedeutete oder daß im

Verlust des Lebens etwas Befriedigendes lag, was mir, soweit ich mich erinnern konnte, noch nie irgend jemand gesagt hatte.

Im Café saßen wir in einer Nische am Fenster, so daß wir beide über die Straße auf das Lager und den Brand selbst sehen konnten, der den Himmel über der Kammlinie rot gefärbt hatte, so daß man wußte, daß auch jenseits davon Brände waren und Männer, die sie bekämpften.
Meine Mutter bestellte Hähnchen für uns beide, und als wir dasaßen und warteten, hielt ein Lastwagen vor dem Café, und ungefähr zehn Männer kletterten hinten herunter, sie trugen schwere Leinensachen und Stiefel, ihre Gesichter waren von Ruß geschwärzt, und sie bewegten sich, als seien sie steif und müde. Es waren große kräftige Männer mit schwerem Gang, und sie kamen zusammen ins Café und setzten sich, ohne zu reden, an vier der Tische. Die beiden Frauen, die bedienten, gingen um die Tische herum und fragten, ob die Männer das Übliche wollten – gebratene Steaks und Kartoffeln –, und sie alle sagten ja, saßen dann da und tranken Wasser und redeten leise, während sie warteten. Es waren junge Männer – älter als ich es war, aber immer noch jung. Und ein Geruch ging von ihnen aus, der den ganzen Raum durchzog. Der Geruch von kalter Asche, ein Geruch, der aus ihrer Kleidung aufstieg und in der Luft hängenblieb, als wären die Männer geradewegs aus dem Feuer gekommen, als wären sie verbrannt und als wäre dies nun, was von ihnen übriggeblieben war.
Meine Mutter hatte die Männer kurz angeblickt, als sie sich hinsetzten, hatte dann wieder aus dem Feuer auf das beleuchtete Lager hinter unserm Auto, zum Kamm und zum Hang hinaufgesehen, der von kleinen Feuern übersät war, als wären es lauter Lagerfeuer. Sie bestellte eine Dose Bier und trank es aus der Dose, während sie hinausstarrte.

»Ich glaub, das ist alles nur, weil er seinen Job verloren hat«, sagte sie. Als sie das sagte, schaute sie zu den Männern hinüber, die an den Tischen auf der anderen Seite des Raumes saßen. »Das hat ihn verrückt gemacht. Er tut mir leid. Das tut er wirklich.« Sie sah wieder aus dem Fenster in die Nacht hinaus.

»Er ist in Ordnung«, sagte ich, und ich weiß, daß ich dachte, daß diese anderen Männer auch in Ordnung waren. Sie waren hier, um zu Abend zu essen, und wahrscheinlich tat mein Vater das auch gerade, irgendwo anders. Er war allein, und das war alles, und man mußte nicht verrückt sein, um allein sein zu wollen, so was Ähnliches dachte ich damals jedenfalls.

»Glaubst du das wirklich?« sagte meine Mutter, hielt ihre Bierdose in beiden Händen, die Ellbogen auf der Tischplatte.

»Ja«, sagte ich. »Das denk ich.«

»Also ich glaub, daß er 'ne Frau da draußen hat, das glaube ich. Wahrscheinlich 'ne Indianerin. Eine Squaw. Sie ist wahrscheinlich auch verheiratet.« Meine Mutter sagte das, als beschuldigte sie mich und als hätte ich mich dafür zu verantworten. Irgendwas an mir mußte sie an meinen Vater erinnert haben. »Ich hab gelesen, daß da draußen auch Frauen sind«, sagte sie.

»Ich hab ein paar gesehen, die mitfuhren«, sagte ich. Einer der Männer, der an dem Tisch der Feuerleute saß, blickte zu meiner Mutter herüber. Sie hatte etwas die Stimme gehoben.

»Also, warum, meinst du, tun Männer bestimmte Dinge?« sagte meine Mutter. »Sie drehen entweder durch, oder es steckt 'ne Frau dahinter. Oder beides. Du weißt doch gar nichts. Wie solltest du auch? Du hast doch noch gar nichts getan.« Sie starrte den Mann an, der sie anblickte, und berührte ihr rotes Halstuch. Aber als sie mich ansah, lächelte sie. »Das liegt in der Natur der Dinge«, sagte sie zu mir.

»Das sollte ein Teil deiner Erziehung sein, zu lernen, was in der Natur der Dinge liegt.«

»In Ordnung«, sagte ich. Noch zwei der Feuerleute sahen uns an, und einer von ihnen lächelte und räusperte sich. Und ich wünschte mir, ich wüßte, was in der Natur der Dinge lag, weil all das, was in unserer Familie passierte, mir nicht natürlich oder normal erschien.

»Sag mir, wie du deinen Namen findest«, sagte meine Mutter, nachdem eine Minute vergangen war, mit leiserer Stimme. »Magst du ihn ganz gern? Joe? Es ist kein ungewöhnlicher Name. Wir wollten dich nicht mit einem ausgefallenen Namen oder mit einem Doppelnamen belasten. Wir fanden Joe gut.«

»Ich find ihn gut«, sagte ich. »Die Leute können ihn gut behalten.«

»Das stimmt«, sagte sie. Sie sah wieder in die Nacht hinaus. Am Oktoberhimmel waren Sterne, und irgendwie waren sie durch den weißen Rauch sichtbar geworden. »Jeanette«, sagte sie. »Ich mochte das nie. Er kam mir vor wie der Name einer Kellnerin.«

»Welchen hättest du denn lieber?« fragte ich.

»Naja«, sagte meine Mutter und trank ihr Bier aus. Dann kam unser Essen. Ich konnte es in der Durchreiche zur Küche sehen, zwei dampfende Teller, dahinter war gerade noch der Kopf einer Frau zu sehen. »Lottie«, sagte meine Mutter und lächelte. Sie schob mit einer Hand ihr Haar hoch. »Es gab mal eine Sängerin namens Lottie. Lottie irgendwas. Lottieda. Sie war 'ne Farbige, glaub ich. Aber. Wie wär das? Lottie?«

»Mir gefällt es nicht«, sagte ich. »Ich mag Jeanette.«

»Also, das ist lieb«, sagte meine Mutter und lächelte mich an. »Du mußt mich so mögen, wie ich bin. Nicht als Lottie, oder?«

Unser Essen kam, und wir aßen und redeten über Waldbrände, daß sie wie Städte waren oder Fabriken und von selbst weiter und weiter brannten. Daß auch was Gutes an ihnen war, daß sie, wo sie brannten, auch wieder Platz für Neues schufen und daß es für Menschen, sagte meine Mutter, manchmal was Gutes hatte, einer Sache, die so unkontrollierbar und maßlos war, nahe zu sein, daß es einen kleiner machte und man wieder seinen Platz in der Welt kannte. In manchem verstand sie meinen Vater, sagte sie. Er war nicht der Typ, der durchdrehte. Es war nur eine harte Zeit in seinem Leben, obwohl es auch eine harte Zeit in ihrem Leben war. Auch das lag in der Natur der Dinge, sagte sie. Die Leute wurden von Dingen angezogen, die sie nicht anziehen sollten. Ich dachte, daß sie glücklich darüber zu sein schien, daß sie mit mir dort war und das Feuer sah, glücklich darüber, daß wir all das gesagt hatten, was wir gesagt hatten. Dann machten wir uns wieder auf den Weg zurück nach Great Falls.

Auf der Rückfahrt hatte sich die Luft allmählich abgekühlt, als wir uns in östlicher Richtung von dem Brand entfernten, und der Himmel war klar und voller Sterne bis auf das Glühen über der Stadt tief am Horizont. Meine Mutter hielt in Augusta und kaufte noch zwei Bier für die Fahrt und trank sie, während sie fuhr, und redete nicht viel mit mir. Ich dachte die meiste Zeit an meinen Vater und daran, wie er wohl sein würde, wenn er wieder nach Hause kam. Er war erst seit dem vorigen Abend weg, aber schon kam mir das Leben, das er hinter sich gelassen hatte, ganz verändert vor, und als ich ihn mir vorstellte, wie er zurückkäme, sah ich ihn vor mir, wie er hinten von einem Lastwagen herunterkletterte wie die Männer vor dem Café, obwohl er nicht mit Asche beschmiert wäre oder steif oder müde, sondern sauber aussähe und jünger als vorher, ja nicht einmal wie er selbst, sondern wie jemand anderes. Und dann merkte ich, daß ich mich an sein Gesicht oder sein Äußeres nicht mehr genau erinnern konnte. Ich konnte den Klang seiner Stimme hören, aber das war alles. Und das einzige Gesicht, das ich vor mir sehen konnte, war das des fremden Mannes, den ich, wie ich glaubte, nicht kannte.

Als wir fast wieder in Great Falls waren und auf die nächtliche Stadt hinunterschauen und die weißen Getreidesilos sehen konnten, die beleuchtet unten am Fluß standen und die Warren Miller gehörten, sagte meine Mutter: »Laß uns 'nen andern Weg hinein nehmen.« Und statt auf direktem Weg über die Central Avenue in die Stadt zu fahren, fuhr sie Richtung Norden, so daß wir durch Black Eagle in die Stadt kamen, so wie man reinfährt, wenn man von Fort Brenton und der Hi-line kommt und nicht von Westen.

Ich machte mir keine Gedanken darüber, warum wir so fuhren und fragte deshalb auch nicht. Meine Mutter war ein Mensch, der nicht gern immer das gleiche tat und sich viel Mühe gab, damit eine Fahrt nicht langweilig wurde oder Dinge anders erklärt wurden als beim ersten Mal. »Mach dir das Leben spannend«, sagte sie dann, wenn sie von einer Straße, die wir kannten, auf eine unbekannte abbog oder wenn sie irgendwas im Laden kaufte, das sie noch nie gekauft hatte und nicht brauchte. »Das Leben backt bloß kleine Brötchen«, sagte sie, »du mußt dir selbst was einfallen lassen.«

Wir fuhren den langen Hügel hinunter, der am Missouri River endet und hinter dem der alte Teil von Great Falls liegt, der Teil, in dem wir wohnten, wo es Parks gibt und Straßen mit Bäumen, die von den ursprünglichen Erbauern gepflanzt worden waren. Aber zwei Blocks vor dem Fluß bog meine Mutter nach links ab und fuhr eine Straße mit Holzhäusern hinunter, die in Reihen am Hang lagen und auf den Fluß und die Stadt blickten. Ich war schon mal in dieser Straße gewesen. Weiter unten war ein italienisches Steakhaus, in das ich eines Abends mit meinem Vater und ein paar Männern aus dem Wheatland Club gegangen war.

»Ein Herrenclub«, hatte er es genannt, und es waren nur Männer da. Und ich hatte immer gedacht, daß es ein Stadtteil war, in dem nur Italiener wohnten.

Meine Mutter fuhr nicht bis zum Restaurant, obwohl ich es dort an der dunklen Straße sehen konnte, beleuchtet von einem bläulichen Licht, mit Autos, die davor parkten. Als wir zwei Blocks gefahren waren, fuhr sie langsamer und kurbelte das Fenster herunter, hielt dann vor einem Haus, das ein wenig über der Straße lag, eine steile betonierte Auffahrt besaß und steile Stufen, die daneben hochführten bis zur Holztreppe des Hauses. Das Haus war wie das Haus nebenan, weiß mit einer hohen Front und einem großen Fenster und der Eingangstür an einer Seite. Eine Lampe brannte auf der vorderen Veranda, die Vorhänge am Fenster waren aufgezogen, und eine altmodische gelbe Lampe stand auf einem Tisch. Es sah aus wie ein Haus, in dem ein alter Mensch wohnte.

Meine Mutter saß da und schaute einen Augenblick lang zu dem Haus hinüber, kurbelte dann ihr Fenster wieder hoch.

»Wessen Haus ist das?« fragte ich.

»Das ist Warrens Haus«, sagte meine Mutter und seufzte. »Das ist Mr. Millers Haus.« Sie legte die Hände aufs Steuerrad, saß aber bloß weiter so da und blickte die Straße hinunter auf das Restaurant.

»Gehen wir rein?«

»Nein, tun wir nicht«, sagte meine Mutter. »Ist sowieso keiner da. Ich muß Mr. Miller etwas fragen, aber das kann warten.«

»Vielleicht sind sie doch da«, sagte ich.

»Sind keine *sie*«, sagte meine Mutter. »Bloß Mr. Miller. Er wohnt da allein. Er hatte eine Frau, aber sie hat ihn verlassen, glaub ich. Und seine Mutter wohnte da, aber sie ist gestorben.«

»Wann bist du da drin gewesen?« sagte ich.

»Ich war noch nie da drin«, sagte meine Mutter, und sie
wirkte müde. Sie war an diesem Nachmittag und Abend
eine lange Strecke gefahren, und seit gestern war es nicht
leicht für sie gewesen. »Ich hab im Telefonbuch nachgese-
hen, das ist alles«, sagte sie. »Ich hätte einfach nur anrufen
sollen. Aber ist schon in Ordnung. Er wohnt nicht wie'n
reicher Mann, was? Bloß dieses einfache Haus in einer einfachen Straße.«

»Nein«, sagte ich. »Das tut er nicht.«

»Aber er ist es«, sagte meine Mutter. »Er besitzt Firmenanteile. Diese Getreidesilos. Und eine Oldsmobile-Vertretung. Farmen. Schwer, sich das vorzustellen.« Sie legte
den Gang ein, blieb dann aber in der Dunkelheit sitzen, als
versuchte sie, sich an etwas zu erinnern oder sich über etwas klarzuwerden. »Ich hab das Gefühl, daß ich aufwachen
müßte«, sagte sie und lächelte mich an. »Aber ich weiß
nicht, wovon. Oder wozu. Es ist so eine große Verände-
rung.« Sie holte tief Luft und atmete aus, ließ dann den
Wagen langsam die Straße hinunterrollen, in die Nacht
hinein und nach Hause. Und ich fragte mich, als wir abbo-
gen und zu der Straße zurückfuhren, die den Fluß über-
querte, was sie um neun Uhr abends Warren Miller fragen
mußte, etwas, das so dringend war und dann doch warten
konnte. Und warum, da es mir so vorkam, als ob jemand
zu Hause war, sie nicht einfach an die Tür ging und fragte,
was sie fragen wollte – wahrscheinlich irgendwas wegen
ihres Jobs, der am nächsten Tag anfing. Sie hätte dann wieder nach Hause fahren können, so wie wir es jetzt taten, so
wie Leute normalerweise etwas erledigten, soweit ich das
verstand.

Am nächsten Morgen stand meine Mutter auf, zog sich für die Arbeit an und verließ das Haus, bevor ich überhaupt aus dem Bett gekommen war. Von meinem Zimmer aus konnte ich hören, wie sie im Haus herumlief, hörte ihre Schritte auf dem harten Fußboden, und mir schien, daß sie es eilig hatte und mich vielleicht nicht sehen wollte. Ich blieb im Bett und lauschte, bis ich hörte, wie der kalte Wagen auf der Einfahrt ansprang und ein paar Minuten im Leerlauf lief, während sie ins Haus zurückkam, und dann, wie sie die Eighth Street hinunter davonfuhr.

Eine Zeitlang horchte ich auf die Heizung, die sich im Keller ein- und ausschaltete, auf die Geräusche vorbeifahrender Autos und auf Vögel, die auf der Dachrinne unseres Hauses herumspazierten und dabei so deutlich tapsten und flatterten, als wären sie in meinem Zimmer. Die Sonne war aufgegangen, und die Luft vor meinem Fenster sah klar und rein aus. Aber ich fühlte mich müde. Ich konnte meine Lungen spüren, als drückte ein Gewicht sie nieder, und ich konnte in der Brust meinen eigenen Atem hören, und meine Haut spannte sich. Das war ein ekelhaftes Gefühl, und ich fragte mich, ob es nach einem Tag wieder weggehen würde oder der Anfang einer richtigen Krankheit war.

Einige Minuten lang dachte ich, daß ich an diesem Tag

nicht zur Schule gehen würde, daß ich zu Hause bleiben und schlafen oder durch die Stadt spazieren wollte, wie ich es schon manchmal getan hatte, oder früher zu meinem Job gehen oder im Fluß angeln wollte. Oder ich konnte, dachte ich, zu der Oldsmobile-Vertretung an der Tenth Avenue gehen und mal gucken. Keiner kannte mich da. Ich konnte eine Frage stellen oder jemandem ein paar Fragen stellen – über Warren Miller, was für ein Mann er war; war er verheiratet, hatte er Kinder, was gehörte ihm alles? Ich versuchte mich an den Tag zu erinnern, an dem ich ihn getroffen hatte, einen Tag mit meinem Vater im Wheatland Club. Was hatte er zu mir gesagt, wenn überhaupt? Was mein Vater gesagt hatte, wie das Wetter gewesen war. Ich versuchte zu erraten, ob meine Mutter ihn erst seit kurzem oder schon seit längerem kannte. Nicht daß irgendwelche von diesen Tatsachen wichtig gewesen wären oder irgend etwas geändert hätten. Sie würden nur eine Lücke ausfüllen, so daß ich, wenn sich mein Leben plötzlich veränderte, etwas hatte, worüber ich nachdenken konnte.

Nachdem ich eine Weile im Bett gelegen und über solche Dinge nachgedacht hatte, klingelte das Telefon in der Küche. Ich dachte, daß es meine Mutter war, die mir sagen wollte, daß ich zur Schule gehen sollte, und ich wollte zuerst nicht rangehen. Aber dann tat ich es doch, immer noch im Pyjama, und es war mein Vater, der vom Feuer aus zu Hause anrief.

»Hallo, Joe«, sagte er mit lauter Stimme. »Was ist so los bei euch?«

»Ich geh in die Schule«, sagte ich.

»Wo ist deine Mutter? Ich würd gern mit ihr sprechen.« Die Verbindung war jetzt nicht mehr so gut.

»Sie ist nicht da«, sagte ich. »Sie ist in die Stadt gefahren.«

»Ist sie böse auf mich?« sagte er.

68

»Nein«, sagte ich. »Ist sie nicht.«

»Ich hoffe, sie ist es nicht«, sagte er. Dann sagte er ein paar Sekunden lang gar nichts, und es hörte sich an, als würde hinter ihm ein Lastwagen anfahren. Ich hörte laute Stimmen, und ich dachte, daß er wohl von dem Restaurant anrief, in dem wir gestern abend gewesen waren. »Wir haben im Moment nicht die geringste Kontrolle über irgendwas hier«, sagte mein Vater laut über den Lärm hinweg. »Wir sehen bloß zu, wie alles verbrennt. Das ist alles. Es erschöpft einen. Ich bin völlig steif davon.«

»Kommst du nach Hause?« fragte ich.

»Ich habe einen Bär gesehen, der Feuer fing«, sagte mein Vater, immer noch laut. »Du würdst es nicht glauben. Es schoß plötzlich um ihn herum hoch. Ein lebendiger Bär in einer Hemlocktanne. Ich schwör's dir. Er fiel brüllend zu Boden. Wie ein Kugelblitz.«

Ich wollte ihn fragen, was er sonst noch gesehen hatte oder was ihm oder anderen passiert war. Ich wollte ihn fragen, wie gefährlich es war. Aber ich hatte Angst, etwas Falsches zu sagen. Und so sagte ich bloß: »Wie fühlst du dich?« Das war eine Frage, die ich meinem Vater in meinem ganzen Leben noch nicht gestellt hatte. So hatten wir überhaupt nie miteinander geredet.

»Ich fühl mich gut«, sagte er. »Ich hab das Gefühl, als ob ich schon ein Jahr hier bin, dabei ist es erst ein Tag.« Dann hörte das Lastwagengeräusch auf, und die Verbindung wurde schwächer. »Das normale Leben gibt's hier draußen nicht«, sagte er. »Man muß sich anpassen.«

»Ich versteh«, sagte ich.

»Läuft deine Mutter schon mit andern Männern rum?« sagte mein Vater, und er sagte das zum Spaß. Da war ich mir sicher. »Ich hab versucht, gestern abend anzurufen«, sagte er, »aber niemand ist rangegangen.«

»Wir haben in einem Café gegessen«, sagte ich. »Hähnchen.«

»Das ist gut«, sagte mein Vater. »Gut für euch beide. Ich hoffe, daß du bezahlt hast.«

»Sie hat bezahlt«, sagte ich. Niemand hatte mir gesagt, daß ich nicht erzählen sollte, wo wir gewesen waren oder wo meine Mutter war. Aber ich hatte das Gefühl, als ob ich die Verantwortung hatte, es nicht zu tun. Fliegen krabbelten über das Küchenfenster, als ich in den Garten hinaussah. Und ich dachte, daß das Wetter vielleicht umschlug und es kälter wurde und schneite und daß das Feuer dann in nicht allzu langer Zeit aus sein würde.

»Sag deiner Mutter, daß ich hier draußen noch nicht den Verstand verloren hab. Ja?« Das Rauschen in der Leitung wurde stärker.

»In Ordnung«, sagte ich. »Mach ich.«

Ich hörte ihn lachen, dann gab es ein Klicken in der Leitung, und ich konnte hören, wie mein Vater sagte: »Hallo? Joe? Joe, wo bist du? Ach Mist, Mensch.«

»Hallo«, sagte ich, »ich bin noch da.« Aber er konnte mich nicht hören. Vielleicht, dachte ich, war was durchgebrannt. Und als ich noch einen Moment länger auf seine Stimme gehorcht hatte, sagte ich: »Bis bald. Ja, bis bald« und sagte seinen Namen. Und dann legte ich auf und ging, um mich für die Schule anzuziehen.

Dieser Tag in der Schule war ein seltsamer Tag. Ich erinnere mich sehr deutlich daran, weil ich zu spät kam, keine Entschuldigung von meiner Mutter hatte, müde war und mich halb wie im Traum fühlte, als hätte ich überhaupt nicht geschlafen. Ich dachte, ich würde krank. Ich verhaute eine Englischarbeit, weil ich meine Hausaufgaben am vorigen Abend nicht gemacht hatte. Und in Gemeinschaftskunde hatte jemand eine *Tribune* von diesem Tag mitgebracht und las daraus laut einen Artikel vor, in dem stand, daß die Luftfeuchtigkeit jetzt höher war und daß es bald regnen und schneien und das Feuer im Allen

Creek ausgehen würde. Danach gab es eine Diskussion darüber, ob das Feuer wirklich ausgehen würde – einige sagten, es würde den ganzen Winter über weiterbrennen – und ob der Mensch es verursachte oder die Natur. Mein Lehrer, ein großer Halbblut-Indianer, fragte uns, ob von unseren Vätern irgendeiner das Feuer bekämpfte, und mehrere in der Klasse hoben die Hand. Aber ich tat das nicht, weil ich nicht wollte, daß es bekannt wurde, und weil es mir damals nicht wie etwas Normales in meinem Leben vorkam.

Als ich später in der Geometriestunde saß und darauf wartete, daß der Unterricht zu Ende ging, sah es draußen nach einem kalten Nachmittag aus. Ich versuchte, darüber nachzudenken, was wohl zwischen Warren Miller und meiner Mutter war, denn etwas schien zwischen ihnen zu sein. Und zwar nicht wegen irgendwas, das sie zueinander gesagt hatten, als ich dabei war, oder zu mir gesagt hatten oder vielleicht gesagt hatten, ohne daß ich davon wußte, sondern wegen der Dinge, die sie nicht sagten, sondern einfach voraussetzten, so wie man voraussetzt, daß in der Luft Feuchtigkeit war oder es in einem Kreis nicht mehr als 360 Grad gab.

Obwohl es, was immer es sein mochte, bereits eine Lüge wert gewesen war. Meine Mutter hatte meinen Vater angelogen, und ich hatte es auch getan. Vielleicht hatte Warren Miller auch jemanden angelogen. Und obwohl ich sehr genau wußte, was eine Lüge war, wußte ich nicht, ob es vielleicht etwas anderes war, wenn Erwachsene logen. Möglicherweise bedeutete es ihnen weniger, da in ihrem Leben das, was stimmte, und das, was nicht stimmte, schließlich sowieso für jedermann klar an den Tag kam. Während es für mich, der ich noch nichts getan hatte, was mich in der Welt ausmachte, schwerer wog. Und während ich an diesem kühlen Oktobernachmittag an meinem Schultisch saß, versuchte ich, mir ein glückliches Leben für mich vorzustellen und ein glückliches und fröhliches Leben für meine Eltern, wenn all dies wieder vorbei war, so wie letztlich alles – das hatte meine Mutter gesagt – einmal vorbeiging. Aber alles, woran ich denken konnte, als ich dasaß, war mein Vater, wie er »Hallo? Hallo? Joe, wo bist du?« sagte. Und wie ich selbst »Bis bald« gesagt hatte.

Als die Schule vorbei war, ging ich zu meinem Job ins Fotostudio und anschließend nach Hause. Das Wetter schlug um, und eine Brise kam auf, die Art Brise, die in Montana schließlich eisig wird und einem durch die Haut geht, als wäre man aus Papier. Ich wußte, daß an diesem Tag derselbe Wind auch dort wehte, wo das Feuer brannte, und daß es dort Folgen haben würde. Und ich fragte mich, ob es in den Bergen wohl schneien würde, und dachte dann, daß es wohl so sei und daß mein Vater mit einigem Glück früher wieder nach Hause kommen würde, als irgendeiner angenommen hatte.

Als ich nach Hause kam, stand meine Mutter am Spülbekken in der Küche. Sie sah hinaus in den Sonnenuntergang. Sie hatte ein blau-weißes Kleid an, das wie ein Matrosenanzug aussah. Ihr Haar war hinten auf eine Art zusammengebunden, die sie französischen Knoten nannte. Diese Art, sich zurechtzumachen, gefiel mir. Sie hatte in der Zeitung gelesen, die offen auf dem Küchentresen lag.

»Winter, Winter, geh doch fort«, sagte sie und starrte aus dem Fenster. Sie schaute sich zu mir um und lächelte. »Du bist nicht warm genug angezogen. Als nächstes wirst du krank. Und dann werde *ich* krank.« Sie sah wieder hinaus. »Hast du es dir gut gehen lassen in der Schule?«

»Nicht sehr gut«, sagte ich. »Ich hab eine Arbeit verhauen. Ich hatte sie vergessen.«

»Na. Dann streng dich mehr an«, sagte sie. »Harvard hat nur ein paar Plätze frei für Jungs vom Ende der Welt. Jemand anderes aus Great Falls möchte wahrscheinlich auch nach Harvard. Und beide nehmen sie sicher nicht. Ich würd's jedenfalls nicht tun.«

»Wo bist du so früh hin?« sagte ich. »Ich war schon wach.«

»Wirklich?« sagte meine Mutter. »Ich hätte dich zur Schule fahren können.« Sie trat vom Fenster zurück und begann, die Zeitung Seite für Seite wieder zusammenzufalten. »Ach, ich bin rausgefahren«, sagte sie. »Ich hab heute morgen in der Zeitung eine Anzeige gesehen, daß sie jemand suchen, der den Jungs vom Luftstützpunkt Mathe beibringt. Ein paar von denen können wohl nicht addieren, nehm ich an. Also habe ich 'ne Bewerbung ausgefüllt, um was zu tun. Ich hab plötzlich den Drang, alles gut zu machen.« Sie war fertig mit dem Zusammenlegen der Zeitung und schob sie säuberlich zur Seite und drehte sich zu mir um. Ich wollte sie danach fragen, ob sie bei Warren Miller angefangen hatte.

»Dad hat heut morgen angerufen«, sagte ich. »Ich hab mit ihm gesprochen.«

»Wo war er?« sagte meine Mutter. Sie wirkte nicht überrascht, nur interessiert.

»Ich weiß nicht. Ich glaub, er ist beim Feuer. Er hat nicht gesagt, wo er war.«

»Was hast du gesagt, wo ich war?«

»Ich hab gesagt, daß du in der Stadt bist. Ich dachte, daß das richtig wäre.« Ich wollte ihr nicht erzählen, daß er gefragt hatte, ob sie schon mit anderen herumlief. Ich wußte, daß ihr das nicht gefallen würde.

»Du dachtest, ich wär los, um bei Mr. Miller zu arbeiten. Stimmt das?«

»Ja«, sagte ich.

»Nun, das war ich auch. Das hab ich, ja. Ich bin hingefahren und hab ein paar Sachen erledigt. Ist bloß Teilzeitarbeit. Ich habe ja immer noch einen Sohn zu Hause, um den ich mich kümmern muß.«

»Das ist schon in Ordnung«, sagte ich. Ich war froh, das von ihr zu hören, auch wenn sie bloß Witze machte. »Ist Miller verheiratet?« sagte ich. Und das waren Worte, die ganz von alleine kamen. Ich hatte nicht vorgehabt, das zu sagen.

»Ich hab schon darüber gesprochen«, sagte meine Mutter. »Er war es.« Sie ging zum Kühlschrank, nahm ein Eisfach heraus, trug es zum Spülbecken und ließ Wasser darüberlaufen. »Er hat in dem Haus mit seiner Mutter und seiner Frau gewohnt. Die drei zusammen. Eine ziemlich lange Zeit, glaub ich. Dann starb die alte Dame – seine Mutter. Und nicht sehr lange danach ist seine Frau, sie hieß Marie LaRose oder so ähnlich, abgehauen. Nach Kalifornien oder Colorado – eins von beiden – mit einem Öl-Wildcatter. Sechsundvierzig Jahre alt, und haut einfach ab.«

Meine Mutter nahm eine weiße Kaffeetasse aus dem Schrank, tat einen Eiswürfel hinein, holte unter dem Spülbecken eine volle Flasche Old-Crow-Whisky hervor, drehte den Verschluß auf und goß sich etwas in die Tasse. Sie redete, während sie das tat, und sah mich nicht an. Ich fragte mich, ob sie das alles wohl meinem Vater erzählen würde, wenn er sie danach fragte, und kam zu dem Schluß, daß sie es wahrscheinlich nicht tun würde.

»Tut er dir leid?« fragte ich.

»Warren Miller?« sagte meine Mutter und warf mir einen kurzen Blick zu, schaute dann wieder auf ihre Tasse auf dem Spülbecken, wo sie mit dem Finger den Eiswürfel umrührte. »Bei Gott nicht. Niemand tut mir leid. Ich selbst tu mir auch nicht leid, also wüßte ich auch nicht, warum andere Leute mir leid tun sollten. Besonders die, die ich gar nicht gut kenne.« Sie sah mich wieder kurz an, hob dann die Tasse und beugte sich vor, um einen Schluck zu nehmen. »Die hab ich zu voll gemacht«, sagte sie, bevor sie den Whisky schmeckte, dann trank sie etwas.

»Dad hat gesagt, sie können im Moment das Feuer da

oben nicht kontrollieren«, sagte ich. »Er hat gesagt, sie beobachten es bloß.«

»Na, dann ist er ja perfekt dafür geeignet. Das ist wie Golf.« Sie hielt die Tasse unter den Wasserhahn und ließ Wasser hineintropfen. »Dein Vater hat sehr schöne Hände, ist dir das schon mal aufgefallen? Sie sehen aus wie die von einem Mädchen. Er wird sie ruinieren, wenn er Waldbrände bekämpft. Die Hände meines Vaters waren wie große Radmuttern. So hat er sie immer genannt.«

»Er sagte, er hofft, daß du nicht mehr böse auf ihn bist«, sagte ich.

»Er ist wirklich süß«, sagte meine Mutter. »Ich bin nicht böse auf ihn. Habt ihr euch nett über mich unterhalten? All meine Charakterfehler durchgegangen? Hat er über seine Indianerfrau geredet, die er da oben hat?« Sie trug das Eisfach zurück zum Kühlschrank. Draußen war es fast dunkel, und ich knipste das Licht in der Küche an. Es war ein trübes Licht und ließ den Raum bloß klein und dreckig erscheinen.

»Mach das aus«, sagte meine Mutter. Sie ärgerte sich über mich, weil ich über sie geredet hatte, was gar nicht stimmte. Sie griff nach ihrer Tasse Whisky und setzte sich an den Küchentisch. »Ich bin los und hab mir heute eine Wohnung angeguckt. Ich hab mir diese Helen-Apartments an der Second angesehen. Sie haben eine Zwei-Zimmer-Wohnung, die ganz nett ist. Nah am Fluß und auch nicht weit von deiner Schule.«

»Warum machen wir das?« sagte ich.

»Weil«, sagte meine Mutter. Sie schob den Ringfinger durch den kleinen Henkel der Tasse und blickte auf die Tasse auf dem Tisch. Sie sprach sehr klar und in meiner Erinnerung auch sehr langsam. »Dieses Feuer kann noch lange so weiterbrennen. Dein Vater will vielleicht ein neues Leben führen. Ich weiß es nicht. Ich muß jetzt genau denken. Ich muß darüber nachdenken, wer die

Rechnungen bezahlt. Ich muß an die Miete hier denken. Die Dinge haben sich geändert, falls du es noch nicht bemerkt hast. Man ist schnell bis zum Hals drin, wenn man nicht aufpaßt. Es ist schwer, dabei die Ruhe zu behalten.«

»Ich glaub nicht, daß das so ist«, sagte ich, weil ich dachte, daß mein Vater weg war, um einen Brand zu löschen, und bald wieder zu Hause sein würde. Meine Mutter übertrieb. Sie benutzte die falschen Ausdrücke und glaubte ihnen nicht einmal selber.

»Ich hab nichts dagegen, daß du das sagst«, sagte meine Mutter. »Es ist schon in Ordnung. Das hab ich dir schon mal gesagt.« Sie hatte den Finger immer noch im Henkel der Tasse, hob sie aber nicht an. Sie sah angespannt aus und müde und unglücklich, wie sie dasaß, gefangen in ihrer Vorstellung von der Welt und ihrem Leben – einer schlechten Vorstellung. »Vielleicht hätten wir einfach nicht hierherziehen sollen«, sagte sie. »Vielleicht hätten wir in Lewiston bleiben sollen. Man kann sich derart anpassen, daß man am Ende überhaupt nichts mehr weiß.« Sie war nicht glücklich, als sie diese Worte sagte, weil sie ihr Leben nicht gern neu ordnete, nicht einmal in Gedanken. Und soweit ich wußte, hatte sie das in ihrem ganzen Leben auch noch nie tun müssen. Sie hob die Tasse und nahm einen Schluck Whisky. »Ich nehm an, du glaubst jetzt, daß ich schrecklich bin, was?«

»Nein«, sagte ich. »Das tu ich nicht.«

»Na, das ist gut«, sagte meine Mutter, »ich bin's nämlich nicht. Es wär schön, wenn zur Abwechslung mal jemand im Unrecht wär. Alle würden sich dann besser fühlen.«

»Ich nicht«, sagte ich.

»Okay. Du dann eben nicht«, sagte meine Mutter und nickte. »Joe entscheidet sich bei allem, was er zu tun hat, nur für das absolut Korrekte und Gute. Wir wünschen ihm viel Glück.« Sie wandte sich zu mir um, und der Ausdruck

auf ihrem Gesicht war Abneigung, ein Ausdruck, den ich
noch nie zuvor gesehen hatte, aber sofort erkannte. Später
sah ich ihn gegen andere gewandt. Aber jetzt bekam ich
ihn zu sehen, und zwar deshalb, weil sie glaubte, daß sie
alles was korrekt und gut war, getan hatte, und es hatte
nur dazu gereicht, daß sie jetzt mit mir allein dasaß. Und
ich konnte nichts tun, das irgendwas geändert hätte. Aber
wenn ich dazu in der Lage gewesen wäre, hätte ich dafür
gesorgt, daß mein Vater da wäre oder Warren Miller oder
irgend jemand, der die richtigen Worte wußte, um sie an
die Stelle von ihren Worten zu rücken, irgend jemand,
mit dem sie reden konnte, ohne immer nur ihre eigene
Stimme in diesem Raum zu hören und sich mühsam vor-
machen zu müssen, daß sie sich nicht vollkommen allein
fühlte.

Um sieben Uhr an diesem Abend fuhren meine Mutter
und ich über den Fluß zu Warren Miller, um mit ihm zu
Abend zu essen. Meine Mutter trug ein leuchtend grünes
Kleid und hochhackige Schuhe in derselben Farbe, und sie
hatte ihren französischen Knoten gelöst und trug ihr Haar
offen und duftete nach Parfüm.
»Dies ist mein Verzweiflungskleid«, sagte sie zu mir, als ich
im Wohnzimmer auf sie wartete, von wo ich sie durch die
Badezimmertür vorm Spiegel sehen konnte. »Dein Vater
sollte mich darin sehen«, sagte sie und bürstete sich das
Haar mit den Fingern zurück. »Er würde es gut finden.
Zumal er es ja bezahlt hat.«
»Es würde ihm gefallen«, sagte ich.
»O ja«, sagte sie, »davon bin ich überzeugt.« Sie trank den
Rest aus ihrer Whiskytasse und stellte sie ins Spülbecken,
als wir durch die Hintertür hinaus gingen.
Im Auto war sie gut gelaunt, und ich war es deshalb auch.
Wir fuhren durch das Zentrum von Great Falls, am Frei-
maurertempel, in dem kein Licht brannte, und an der

Pheasant Lounge auf der anderen Seite der Central vorbei, deren Neonschild trübe in die Nacht wies. Es war jetzt kalt, und meine Mutter hatte keinen Mantel an und fror, obwohl sie sagte, daß sie die Luft spüren wollte, um einen klaren Kopf zu bekommen.

Sie fuhr hinunter zum Gibson-Park und am Fluß entlang, so daß wir an den Helen-Apartments vorbeikamen, einem langen, vierstöckigen, roten Backsteingebäude, das ich nie zuvor gesehen hatte, aber in dem mehrere Fenster erleuchtet waren, und in einem oder zweien konnte ich jemanden neben einer Lampe sitzen und Zeitung lesen sehen.

»Wie fühlst *du* dich denn?« fragte meine Mutter und warf mir einen Blick zu. »Einsam? Das würde mich nicht überraschen.«

»Nein«, sagte ich. »Ich fühl mich gut.« Ich sah auf die Helen-Apartments, während wir an dem Gebäude vorbeifuhren. Sie machten keinen schlechten Eindruck auf mich. Vielleicht würde es uns da besser gehen.

»Manchmal« – meine Mutter streckte die nackten Arme, die das Steuerrad hielten, und blickte auf Black Eagle hinaus, auf der anderen Seite des Flusses – »wenn man bloß ein bißchen Distanz zu seinem Leben bekommt, sieht alles ganz gut aus. Mir gefällt das. Es erleichtert mich.«

»Ich weiß«, sagte ich, weil ich genau in diesem Augenblick selbst Erleichterung spürte.

»Halt Abstand«, sagte sie. »Dann wird jeder – einschließlich der Mädchen – denken, daß du klug bist. Und vielleicht bist du's dann ja auch.« Sie langte hinunter, um das Radio anzustellen. »Wie wär's mit ein bißchen Stimmungsmusik?« sagte sie. Ich erinnere mich ganz genau an eine Männerstimme, die in einer Fremdsprache redete, die ich für Französisch hielt. Er redete sehr schnell und schien weit weg zu sein. »Kanada«, sagte meine Mutter. »Wir leben jetzt in der Nähe von Kanada. Mein Gott.« Sie stellte das Radio wieder aus. »Heute abend kann ich Kanada nicht ertragen«, sagte sie. »Entschuldigung. Kanada hören wir später.« Und wir bogen ab und fuhren dann über die Fifteenth-Street-Brücke und hinauf nach Black Eagle.

Warren Millers Haus war das einzige in der Straße, an dessen Vorderveranda Licht brannte. Und als wir auf der anderen Straßenseite hielten, konnte ich sehen, daß drinnen alle Lichter brannten, das Haus – das oberhalb der Straße lag – wirkte warm, wie ein Haus, in dem eine Party läuft oder gleich beginnen wird. Warren Millers rosa Oldsmobile parkte auf halber Höhe auf der Auffahrt, und weiter unten an der Straße konnte ich das blaue Licht des italienischen Steakhauses sehen. Vor Warrens Auto, im Schatten des Hauses, sah ich ein Motorboot auf einem Anhänger, dessen glatter weißer Bug nach oben wies.

»Da drinnen ist Festbeleuchtung, was?« sagte meine Mutter. Ihr schien das zu gefallen. Sie drehte sich den Rückspiegel zu und riß die Augen weit auf, schloß und öffnete sie wieder, als ob sie geschlafen hätte. Ich fragte mich, wie sie wohl reagieren würde, wenn ich ihr sagte, daß ich nicht zu Warren Miller hineingehen, sondern zu Fuß über die Brücke wieder nach Hause gehen wollte. Ich dachte, daß sie mich trotzdem zwingen würde mitzugehen und ich in diesem Fall keine Wahl hatte.

»Nun«, sagte sie und drehte den Spiegel im Dunkeln wieder zurück. »Schön ist, wer schön handelt. Kommst du mit? Du mußt nicht. Du kannst auch nach Hause gehen.«

»Nein.« Und ich war selbst überrascht. »Ich hab Hunger«, sagte ich.

»Großartig«, sagte meine Mutter. Sie öffnete die Fahrertür, und die kalte Abendluft strömte herein, und dann stiegen wir beide aus, um in das Haus zu gehen.

Warren Miller öffnete die Haustür, bevor wir die Eingangstreppe ganz hinauf waren. Er hatte ein weißes Geschirrhandtuch in den Gürtel gesteckt wie eine Schürze. Er trug ein weißes Hemd, Anzughosen und Cowboystiefel, und er lächelte, nicht so sehr ein glückliches, sondern eher ein ernstes Lächeln. Er wirkte älter und größer, als er mir am Tag zuvor vorgekommen war, und sein Hinken erschien mir schlimmer. Seine Brille schimmerte, und sein dünnes schwarzes Haar war zurückgekämmt und glänzte. Er sah überhaupt nicht gut aus und auch nicht wie ein Mann, der Gedichte las oder Golf spielte oder eine Menge Geld oder Firmenanteile besaß. Aber ich wußte, daß all diese Dinge stimmten.

»Du siehst aus wie eine Schönheitskönigin, Jeanette«, sagte er zu meiner Mutter auf der Treppe. Er sprach laut, viel lauter, als er es am Tag zuvor getan hatte. Er wurde vom beleuchteten Eingang eingerahmt, und drinnen im Haus auf einem Tisch neben der Tür konnte ich ein Glas sehen, aus dem er getrunken hatte.

»Bin ich auch gewesen – einmal«, antwortete meine Mutter. Und dann ging sie an ihm vorbei ins Haus. »Wo ist denn hier drin die Heizung? Ich bin total erfroren«, hörte ich sie sagen, dann verschwand sie im Haus.

»Man muß den Frauen immer was Nettes sagen«, sagte Warren Miller zu mir, und er legte wieder seine große Hand auf meine Schulter. Wir standen im Eingang, und ich konnte an seinem Atem riechen, was er getrunken hatte. »Sagst du so was auch immer zu deiner Mutter?«

»Ja«, sagte ich. »Ich versuch's.«

»Kümmerst du dich auch gut um sie?« Ich konnte hören, wie er die Luft tief in die Brust zog. Seine Augen waren hinter den Brillengläsern wäßrig blau.

»Ja«, sagte ich. »Das tu ich.«

»Man kann nicht jedem trauen.« Er packte meine Schulter hart. »Man kann nicht mal sich selbst trauen. Du bist auch kein Heiliger, oder? Ich kenn mich da aus. Ich hab indianisches Blut.« Er lachte, als er das sagte.

»Nein«, sagte ich. »Bin ich wohl nicht.« Und ich lachte auch. Dann schob er mich, die Hand auf meiner Schulter, durch die Tür und ins Haus.

Die Luft drinnen war sehr warm und schwer vom Essensgeruch. Jede Lampe, die ich sehen konnte, war angeknipst, und alle Türen standen offen, so daß man von der Mitte des Wohnzimmers aus in zwei Schlafzimmer hineinsehen konnte, in denen Doppelbetten standen, und dahinter in ein Badezimmer mit weißen Kacheln. Alles im Haus war hübsch und sauber, und alles wirkte altmodisch auf mich. Auf der Tapete waren blasse orangefarbene Blumen. Auf jedem Tisch lagen weiße Spitzendeckchen unter den Lampen, und die Bilder hatten alle Rahmen aus schwerem, dunklem Holz. Es waren schöne Möbel – das wußte ich –, aber alt und geschwungen, mit klobigen Beinen. Es schien ungewöhnlich, daß ein Mann hier wohnte. Es war in nichts dem ähnlich, worin wir wohnten. Unsere Möbel paßten nicht zusammen. Und die Wände in unserem Haus waren bloß gestrichen und nicht tapeziert.

Warren Miller hinkte durch das Wohnzimmer wieder in die Küche, wo er kochte, brachte aber erstmal meiner Mutter ein großes Glas mit dem, was er gerade trank und was Gin gewesen sein muß. Meine Mutter stand ein, zwei Minuten über einen Heizkörper gebeugt, mit ihrem Glas in der Hand, dann lächelte sie mich an und begann, im Haus herumzulaufen, sie schaute sich die Fotos an, die auf dem Klavier standen, griff nach den Sachen, die auf den Tischen lagen und untersuchte sie, während ich auf der steifen, mit Wollstoff bezogenen Couch saß und einfach bloß wartete. Warren Miller hatte uns gesagt, daß er Huhn auf italienische Art kochte, und meinetwegen hätten wir sofort essen können.

Meine Mutter sah hübsch aus in ihrem grünen Kleid mit den grünen Schuhen, wie sie da in Warren Millers Haus herumlief. Daran erinnere ich mich sehr gut. Ihr war an der

Heizung warm geworden, und ihr Gesicht war gerötet. Sie lächelte, während sie sich umschaute, und faßte die Sachen an, als gefiele ihr alles, was da war.

»Also«, rief Warren Miller aus der Küche, »wie geht's deinem alten Herrn, Joe?« Er sprach laut, und wir konnten ihn nicht sehen, auch wenn wir ihn kochen, mit Pfannen klappern und Geräusche machen hörten. Ich wünschte, ich könnte in die Küche gucken, aber ich konnte es nicht.

»Ihm geht's gut«, sagte ich.

»Joe hat gerade mit ihm telefoniert«, sagte meine Mutter laut.

»Hat er gesagt, es wär 'ne Tragödie da draußen? Das sagen sie immer. Alles ist eine Tragödie, wenn sie's nicht aufhalten können.«

»Nein«, sagte ich. »Das hat er nicht gesagt.«

»Hat er gesagt, daß er bald nach Hause kommt?« sagte Warren Miller.

»Nein«, sagte ich. »Davon hat er nichts gesagt.« Auf dem Tisch neben mir lag ein kalter Zigarrenstummel im Aschenbecher und darunter das Buch, das meine Mutter ihm geliehen hatte.

»Frauen machen da mit«, sagte meine Mutter. »Das hab ich in der Zeitung gelesen.« Sie stand da und hatte eine gerahmte Fotografie von einer lächelnden Frau mit dunkler Oberlippe in der Hand. Sie hatte sie vom Klavier genommen.

»Frauen können das besser als Männer«, sagte Warren Miller. Er erschien hinkend in der Küchentür und trug drei aufeinandergestapelte Teller und obendrauf das Besteck herein. Er hatte immer noch das in seine Hose gestopfte Handtuch. »Sie wissen, wovor man wegrennen muß.«

»Man kann nicht vor allem weglaufen«, sagte meine Mutter, und sie hielt das Bild so, daß Warren es sehen konnte, als er die Teller auf den Eßtisch stellte, auf dem eine teuer wirkende weiße Tischdecke lag. Der Tisch stand an einer Seite des Wohnzimmers. »Wer ist das?« fragte meine Mutter.

»Das ist meine Frau«, sagte Warren. »Meine frühere. Sie wußte, wann sie wegrennen mußte.«

»Ich bin sicher, daß sie das inzwischen bedauert.« Meine Mutter stellte das Bild wieder dahin zurück, wo es gewesen war, und nahm einen Schluck von ihrem Drink.

»Sie hat sich noch nicht dazu durchringen können, anzurufen und mir das zu sagen. Aber vielleicht tut sie's ja noch. Ich bin noch nicht tot«, sagte Warren. Er sah meine Mutter an und lächelte, so wie er mich draußen auf der Eingangstreppe angelächelte hatte, so als wäre etwas gar nicht komisch.

»Das Leben, das Leben, das Leben, das Leben«, sagte meine Mutter. »Das Leben ist lang.« Sie ging plötzlich zu Warren, der neben dem Eßzimmertisch stand, nahm seine Wangen in ihre Hände, wobei sie immer noch ihr Glas hielt, und küßte ihn direkt auf den Mund. »Du armes altes Ding«, sagte sie. »Niemand ist richtig nett zu dir.« Sie nahm einen weiteren großen Schluck Gin, sah mich dann auf der Couch an. »Du hast doch nichts dagegen, wenn ich Mr. Miller ein unschuldiges Küßchen gebe, oder, Joe?« Sie war betrunken, und sie benahm sich nicht so, wie sie es normalerweise tat. Sie schaute wieder Warren Miller an. Er hatte einen roten Fleck von ihrem Lippenstift auf dem Mund. »Was ist denn los? Ist was passiert oder kommt's noch?« sagte sie, weil keiner von uns etwas gesagt hatte. Wir hatten uns nicht gerührt.

»Alles liegt noch vor uns«, sagte Warren Miller. Er sah mich an und grinste. »Ich hab da drinnen ein riesiges Dago-Essen* zusammengekocht«, sagte er und hinkte zur Küche. »Wir müssen diesen Jungen füttern, Jeanette, oder er wird nicht mehr glücklich.«

---

* »Dago« ist ein Slang-Ausdruck für Italiener. A. d. Ü.

»Nicht, daß er's jetzt wäre«, sagte meine Mutter und hielt ihr leeres Glas in der Hand. Sie sah mich wieder an und fuhr sich mit der Zunge in beide Mundwinkel, ging dann zum vorderen Fenster des Hauses, von dem aus man auf die Stadt und zu unserem Haus hinüber sehen konnte, das nun leer an der Eighth Street lag. Ich weiß nicht, was sie dachte, daß ich dachte. Mißfallen oder Überraschung oder Schockiertsein über sie, nehme ich an – daß sie mich hierher gebracht hatte oder daß sie selbst hier war, daß sie vor meinen Augen Warren Miller geküßt hatte oder betrunken war. Aber in dem Augenblick, wie ich da in Warren Millers Wohnzimmer saß, war mir nur bewußt, daß alles außer Kontrolle geraten schien und daß ich nicht wußte, wie man es wieder zurückdrehen konnte. Wir würden nach Hause gehen müssen, um das zu erreichen. Und ich vermutete, daß sie in die Dunkelheit und zu unserm Haus hinübersah, weil sie dort sein wollte. Aber ich war wenigstens erleichtert darüber, daß mein Vater von all dem nichts wußte, weil er das nicht einmal so gut verstanden hätte, wie ich es verstand. Und wie ich da saß, sagte ich mir, daß ich es, wenn ich je die Gelegenheit hätte, ihm davon zu erzählen, nicht tun würde. Ich würde es, solange ich lebte, nie tun, denn ich liebte sie beide.

Kurze Zeit später trug Warren Miller eine große rote Schüssel mit etwas auf, das er Hähnchen Cacciatore nannte, und einen Krug Wein in einem Korb, und wir drei setzten uns an den Tisch mit dem weißen Tischtuch und aßen. Meine Mutter war zuerst in einer merkwürdigen Stimmung, aber sie wurde heiterer, und während sie aß, fand sie allmählich zu ihrer guten Laune zurück. Warren Miller hatte zum Essen seine Serviette in den Hemdkragen gestopft, und meine Mutter sagte, daß das die altmodische Art zu essen war und daß er das wohl im alten Westen gelernt hatte, aber daß sie mich nicht so essen sehen wollte. Aber nach einer

Weile stopften wir alle unsere Servietten in den Kragen und lachten darüber. Niemand sprach über den Waldbrand. Einmal sah mich Warren Miller über den Tisch hinweg an und sagte mir, er glaube, daß mein Vater einen starken Charakter habe, daß er gegen die Umstände kämpfe und er ein Mann sei, bei dem man sich glücklich schätzen könne, wenn er für einen arbeitete, und daß er – Warren –, wenn mein Vater von dem Brand zurückkäme, einen Job für ihn suchen würde, einen Job mit Zukunft. Er sagte, daß ein intelligenter Mann in der Autobranche Geld machen könne und er das mit meinem Vater besprechen würde, wenn die Zeit gekommen sei.

Meine Mutter sagte nicht viel, obwohl sie sich, wie ich glaubte, ganz gut amüsierte. Warren Miller oder irgend etwas an ihm, das ihr gefiel, berührte sie, und sie hatte nichts dagegen, daß ich das bemerkte. Sie lächelte und stützte die Ellenbogen auf den Tisch und redete ein bißchen über Boise, Idaho, wo es ein Hotel mit einem guten Restaurant gab, das sie mochte, und über Grand Coulee, wo sie mit ihrem Vater angeln gewesen war, als sie ein kleines Mädchen gewesen war, und das auch Warren Miller kannte. Sie redete darüber, daß sie einmal den Great Salt Lake aus der Luft gesehen hatte und wie das gewesen war und über Lewiston. Sie sagte, daß es dort wegen des besonderen Klimas nie kalt gewesen war und daß sie sich nicht gerade auf den Winter in Great Falls freute, weil der Wind wochenlang ohne Unterbrechung wehte, und dauernder Wind einen nach einer Weile, das wußte sie, verrückt machte. Sie erwähnte nicht die Helen-Apartments oder den Unterricht am Luftstützpunkt und nicht einmal die Arbeit im Getreidesilo. All das schien sich in Luft aufgelöst zu haben, als wäre es bloß ein Traum und als wäre die einzig wirkliche Welt für sie Idaho, wo sie glücklich gewesen war, und Warren Millers Haus, wo sie sich in diesem Augenblick wohl fühlte.

Sie fragte Warren Miller, wie er sein Geld verdient hatte und ob er am Anfang aufs College gegangen war, weil sie wollte, daß ich aufs College ging. Und Warren, der sich zu diesem Zeitpunkt bereits eine dicke Zigarre angezündet und die Serviette aus dem Kragen gezogen hatte, lehnte sich in seinem Stuhl zurück und sagte, daß er aufs Dartmouth College im Osten gegangen war und als Hauptfach Geschichte gewählt hatte, weil sein Vater Collegeprofessor in diesem Fach in Bozeman gewesen war und darauf bestanden hatte, aber daß Montana eine Gegend war, wo eine gute Ausbildung überhaupt nichts bedeutete. Er hatte alles, was von irgendeiner Bedeutung war, beim Militär gelernt, in Burma im Zweiten Weltkrieg, wo er Major bei den Fernmeldern gewesen war und wo niemand gewußt hatte, wie man irgend etwas richtig machte.

»Die Inkompetenz der anderen ist es, die einen reich macht«, sagte er und schnippte die Asche von seiner Zigarre in den Aschenbecher. »Geld erzeugt Geld, das ist das einzige Prinzip. Es ist beinah egal, was man macht. Ich kam aus Korea zurück und war Farmer, dann stieg ich ins Öl-Leasing-Geschäft ein und ging damit nach Marokko, und dann kam ich wieder zurück und kaufte diese Getreidesilos und die Autovertretung und die Getreideversicherung. Ich bin überhaupt nicht besonders schlau. Viele sind viel klüger als ich. Ich bin bloß fortschrittlich.« Warren fuhr sich mit den großen Händen durch das glänzende Haar und lächelte über den Tisch hinweg meine Mutter an. »Ich bin fünfundfünfzig Jahre jung, aber schlau für mein Alter.«

»Du bist wirklich jung für dein Alter«, sagte meine Mutter und lächelte zurück. »Du solltest irgendwann mal deine Memoiren schreiben.« Warren Miller und meine Mutter schauten sich über den Tisch hinweg an, und ich dachte, sie wüßten etwas, das ich nicht wußte.

»Laßt uns doch ein bißchen Musik hören«, sagte Warren Miller plötzlich. »Ich hab heute 'ne Platte gekauft.«

Dann sah sich meine Mutter nach dem hellerleuchteten Zimmer hinter ihr um. »Ich wüßte gern, wo die Toilette ist.« Sie lächelte mich an. »Weißt du, wo sie ist, Joe?«

»Geh durchs Schlafzimmer, Jenny«, sagte Warren Miller. »Alle Lichter sind an.«

Ich hatte noch nie gehört, daß jemand sie so genannt hatte, und ich muß meine Mutter angesehen haben, als wollte ich ihr zu spüren geben, daß ich es ungewöhnlich fand.

»Oh, um Himmels willen, Joe, wirf mir was vor, das es wert ist«, sagte sie. Sie stand auf, und ich konnte sehen, daß sie zuviel getrunken hatte, weil sie sich mit der Hand an der Rückenlehne ihres Stuhles festhielt und von mir zu Warren sah und wieder zurück, immer noch dastand, während ihre Augen im Licht glänzten. »Leg ein bißchen Musik auf«, sagte sie. »Ein paar Leute möchten vielleicht demnächst mal tanzen.«

»Das machen wir«, sagte Warren Miller. »Das ist eine gute Idee. Wenn du zurückkommst, machen wir das.« Aber er blieb in seinem Stuhl sitzen und hielt die Zigarre über den Aschenbecher. Meine Mutter sah uns beide wieder an, als könnte sie uns nicht klar erkennen, ging dann in das Schlafzimmer und schloß die Tür hinter sich.

Warren Miller nahm einen langen Zug von seiner Zigarre und blies den Rauch ins Zimmer, hielt die Zigarre dann wieder halb auf den Aschenbecher. Der große goldene Ring, den er am Finger trug, der, den ich gestern gespürt hatte, hatte einen quadratischen roten Stein und einen weißen Diamanten in dessen Mitte. Er sah so aus, als könnte man nie vergessen, daß man ihn trug.

»Ich hab ein Flugzeug«, sagte Warren Miller zu mir. »Bist du je mit so 'nem Ding geflogen?«

»Nein«, sagte ich, »bin ich nicht.«

»Man bekommt eine andere Perspektive, wenn man so da oben ist«, sagte er. »Die ganze Welt ist anders. Deine Stadt wird plötzlich zu einer winzig kleinen Stadt. Ich nehm dich mal mit rauf und laß dich ein bißchen steuern. Hättest du Lust dazu?«

»Ich würd's gern irgendwann mal machen«, sagte ich.

»Man kann nach Spokane fliegen und Mittag essen und zurückfliegen. Wir können deine Mutter mitnehmen. Hättest du Lust dazu?«

»Ich weiß nicht«, sagte ich. Aber ich dachte, daß sie bestimmt Lust dazu hätte.

»Und wirst du studieren, wie sie sagt?« fragte er.

»Ja«, sagte ich. »Das hoffe ich.«

»Wo?« fragte er. »Wohin möchtest du?«

»Harvard«, sagte ich. Und ich wünschte, ich wüßte, wo Harvard war, und könnte irgendeinen Grund nennen, warum ich dahin wollte.

»Das ist 'n gutes«, sagte Warren Miller. Er nahm den Krug Rotwein und goß sich etwas ins Glas. »Einmal«, sagte er und stellte den Krug wieder ab und blieb einen Moment sitzen, ohne etwas zu sagen. Sein Haar glänzte im Licht, und er zwinkerte mehrere Male hinter den Brillengläsern. »Einmal, als ich flog, das war im Herbst, so wie jetzt. Nur kälter, und es war nicht so trocken. Ich nahm das Flugzeug, um mir das Getreide von irgendeinem armen Kerl anzusehen, das völlig verhagelt war und für das ich 'ne Police hatte. Und ich konnte lauter Gänse sehen, die von Kanada heruntergeflogen kamen. Sie waren alle in ihren Formationen, weißt du. Große V's.« Er trank das halbe Glas in einem Schluck leer und leckte sich die Lippen. »Ich war da oben unter ihnen. Und weißt du, was ich getan habe?« Er sah mich an und schob sich die Zigarre wieder in den Mund und schlug ein Bein über das andere, so daß ich seine braunen Cowboystiefel sehen konnte, die glänzten und keine Verzierungen besaßen, wie ich sie auf anderen Stiefeln gesehen hatte, die Männer in Montana trugen.

»Nein«, sagte ich, obwohl ich dachte, daß es bestimmt etwas war, das ich nicht glauben würde, oder etwas Unmögliches, oder etwas, das sonst niemand tun würde. Er war auch betrunken, dachte ich.

»Ich schlug die Kuppel zurück«, sagte er, »und ich stellte den Motor ab.« Warren Miller starrte mich an. »In tausendvierhundert Meter Höhe. Und ich horchte bloß. Sie waren alle da oben um mich herum. Und sie trompeteten und trompeteten, weit oben da im Himmel, wo niemand sie je gehört hat, außer Gott selbst. Und ich dachte, das ist, wie wenn man einen Engel sieht. Es ist etwas Einmaliges. Es war das Schönste, das ich je in meinem Leben getan habe. Und je tun werde.«

»Hatten Sie Angst?« sagte ich, weil ich nur daran denken konnte, wie ich mich gefühlt hätte und wie ein Flugzeug reagieren würde, wenn der Motor abgestellt wird, und wie lang man in der Luft bleiben konnte, ohne abzustürzen.

»Ja«, sagte Warren Miller, »ich hatte Angst. Ganz gewiß hatte ich die. Weil ich an überhaupt nichts dachte. Ich war bloß da oben. Ich hätte eine dieser Gänse sein können, bloß für diese Minute. Ich hatte alles Menschliche verloren, und all diese Leute unten vertrauten auf mich. Ich hatte meine Frau und meine Mutter und vier Firmen. Es war nicht so, daß mir die egal gewesen wären. Ich hab nicht an sie gedacht. Und als ich's tat, da bekam ich Angst. Verstehst du, wovon ich rede, Joe?«

»Ja«, sagte ich, obwohl ich es nicht verstand. Ich verstand bloß, daß es Warren Miller sehr viel bedeutete und daß es mir auch etwas bedeuten sollte.

Er setzte sich in seinem Stuhl zurück. Er hatte sich vorgebeugt, als er mir davon erzählt hatte, wie er die Gänse gehört hatte. Er griff nach seinem Weinglas und trank den Rest aus. Weit weg, hinter den Wänden, konnte ich Wasser durch Rohre laufen hören. »Möchtest du ein Glas Wein?« fragte Warren Miller.

»Okay«, sagte ich.

Er goß mir etwas Wein ein und sich noch etwas mehr. »Auf die Engel«, sagte er, »und daß dein Vater nicht anbrennt wie ein Stück Speck.«

»Danke«, sagte ich aus irgendeinem Grund.

Er bewegte sein Weinglas auf meins zu, aber sie hatten sich nicht wirklich berührt, als er das Glas schon wieder zurückzog und es halb leerte. Ich nahm einen kleinen Schluck aus meinem Glas, und ich konnte den Geschmack nicht ausstehen, der gleichzeitig süß und scharf wie Essig zu sein schien, und ich stellte mein Glas wieder ab. Und ich hatte das Gefühl, nur einen Augenblick lang, als alle Lichter brannten und Warren Miller vor mir saß und schwer atmete, mit einem Atem, der nach Wein roch und nach dem, wonach Warren Miller sonst noch roch, daß ich mich in einem Traum befand, der weiter und weiter gehen und aus dem ich vielleicht nicht mehr erwachen würde. Plötzlich war mein Leben *dies hier* geworden, nicht schrecklich, aber auch nicht so, wie es einmal gewesen war. Meine Mutter war nicht zu sehen, ich war allein, und in diesem kurzen Augenblick vermißte ich meinen Vater mehr, als ich es je zuvor oder danach getan habe. Ich weiß, daß ich dicht davor war, die Nerven zu verlieren und zu weinen – um all der Dinge willen, die ich in dem Moment nicht hatte und fürchtete, nie wieder haben zu können.

»Deine Mutter hat eine gute Figur«, sagte Warren Miller. Er hielt das Glas in einer Hand, und er berührte seine kalte Zigarre mit der anderen. Er wirkte sehr groß auf mich. »Ich bewundere sie sehr. Was immer sie tut, es wirkt schön.«

»Das find ich auch«, sagte ich.

»Das solltest du auch.« Warren Miller machte mit der rechten Hand eine Faust und hielt sie hoch, so daß sein großer goldener Ring mit dem roten Rubin mich ansah. »Was glaubst du, was das ist?« fragte er.

»Weiß ich nicht«, sagte ich.

Er schob die Faust näher zu mir. »Das ist der Schottische

Ritus«, sagte er. »Ich bin Freimaurer des 33. Grades.«
Seine Faust war breit und dick und sah aus, als hätte er etwas darin. Sie sah aus wie eine Faust, die nie auf irgend
etwas eingeschlagen hatte, weil ihr alles aus dem Weg gehen würde, solange es möglich war. »Du kannst ihn anfas-
sen«, sagte er.

Ich legte einen Finger auf den Ring, auf den glatten roten
Stein und dann auf den Diamanten, der darin eingefaßt
war. Auf dem Gold waren winzige Einkerbungen, die ich
nicht deuten konnte.

»Das ist das Auge, das alles sieht«, sagte Warren Miller und
hielt seine Faust weiter ausgestreckt, als hätte sie sich von
seinem Körper gelöst. »Ist dein Vater Freimaurer?«

»Nein«, sagte ich, obwohl ich nicht wußte, ob er es war
oder nicht. Ich wußte nicht, wovon Warren Miller redete,
aber ich dachte, daß es so war, weil er betrunken war.

»Du bist nicht katholisch, oder?« fragte er.

»Nein«, sagte ich. »Wir sind in keiner Kirche.«

»Das ist egal«, sagte er und starrte mich hinter seiner Brille
an. »Du solltest mit einer Gruppe von Jungen deines Alters
zusammen sein. Hättest du Lust dazu? Es wär mir ein Ver-
gnügen, das zu arrangieren.«

»Das wär schön.« Ich hörte, wie sich die Tür öffnete und
wieder schloß, hörte noch mehr Wasser durch Rohre flie-
ßen.

»Jungen brauchen einen Start im Leben«, sagte Warren
Miller. »Es ist nicht immer leicht. Glück spielt auch 'ne
Rolle.«

»Haben Sie Kinder?« fragte ich.

Er sah mich merkwürdig an. Er muß geglaubt haben, daß
ich über das nachdachte, was er gesagt hatte, aber das tat
ich nicht.

»Nein«, sagte er. »Hatte ich nie. Ich mag sie nicht besonders.«

»Warum nicht?« sagte ich.

»Hab nie welche gekannt, nehm ich an«, sagte er.

»Wo ist Ihre Frau jetzt?« fragte ich. Aber er antwortete mir nicht, weil meine Mutter die Schlafzimmertür öffnete, und er schaute zu ihr auf und lächelte, als ob sie die wichtigste Person auf der Welt wäre.

»Die hübsche Lady ist wieder da«, sagte Warren Miller. Und er stand auf und hinkte quer durch das Zimmer von mir weg zu einem Plattenspieler, der auf einer schweren Truhe an der Wand stand. Sie war mir noch gar nicht aufgefallen, aber sie hob sich von allem anderen ab, wenn man sie einmal bemerkt hatte. »Ich hab die Musik ganz vergessen«, sagte er. Er zog eine der Schubladen auf und nahm eine Platte heraus, die noch in ihrem Cover war. »Wir spielen was Gutes«, sagte er.

»Hier ist alles sehr ordentlich«, sagte meine Mutter. »Du brauchst gar keine neue Frau. Du bist selbst Frau genug.« Dann legte sie sich beide Hände ans Gesicht und tätschelte sich die Wangen, als hätte sie sich das Gesicht im Bad gewaschen und als wäre es immer noch feucht. Ich hatte sie das schon vorher machen sehen. Sie blickte sich um, als sähe das Zimmer jetzt anders aus. Ihre Stimme klang anders. Sie war tiefer, als ob sie sich erkältet hätte oder gerade aufgewacht wäre. »Und es ist so ein hübsches kleines Haus«, sagte meine Mutter. Sie sah mich an und lächelte und verschränkte ihre Arme.

»Ich werde eines Tages darin sterben«, sagte Warren Miller, während er vornübergebeugt das Label las.

»Das ist ein heiterer Gedanke«, sagte meine Mutter und schüttelte den Kopf. »Vielleicht sollten wir tanzen, bevor das passiert. Wenn du schon an so was denkst.«

Warren Miller sah meine Mutter an, und seine Brille reflektierte das Deckenlicht. »Wir werden tanzen«, sagte er.

»Will Warren dir die Zulassung nach Dartmouth besorgen oder was immer es ist?« fragte mich meine Mutter. Sie stand mitten im Zimmer, ihre Lippen etwas vorgeschoben, als versuchte sie, sich über etwas schlüssig zu werden.

»Wir haben das Thema nicht besprochen«, sagte Warren Miller. »Ich war dabei, ihn für DeMolay* zu interessieren.«

»Oh, das«, sagte meine Mutter. »Das ist Unsinn, Joe. Mein Vater war da auch drin. Warren muß dich nach Dartmouth kriegen. Das ist besser als Harvard, hab ich gehört. Bei DeMolay kommt jeder rein. Das ist wie bei den Elks.«**

»Es ist besser«, sagte Warren. »Katholiken und Juden sind da nicht zugelassen. Auch wenn ich mich nicht um sie schere.«

»Bist du Demokrat?« fragte meine Mutter.

»Wenn sie jemand Gutes aufstellen«, sagte Warren Miller, »was im Moment nicht der Fall ist.« Er legte die Platte auf den Plattenspieler.

»Meine Familie war immer für die Arbeiter«, sagte meine Mutter. Sie griff nach meinem Weinglas und nahm einen Schluck daraus.

»Also darüber solltest du noch mal nachdenken«, sagte Warren, und dann senkte er den Tonarm auf die Platte, und plötzlich war das ganze Wohnzimmer voller Musik.

Meine Mutter stellte ihr Weinglas wieder auf den Tisch und begann dann ganz allein zu tanzen, mit erhobenen Armen und einem entschlossenen Ausdruck auf dem Gesicht.

»Cha-cha-cha«, sagte sie, weil es diese Art von Musik war, Musik, die man spät abends auf einem Radiosender aus Denver kriegen konnte und von der ich wußte, daß sie sie hörte, Musik mit Schlagzeug und Trompete und einer ganzen Band im Hintergrund.

---

* Der DeMolay-Club ist ein Verein für Jugendliche. A. d. Ü.
** Die Elks sind ein Club, ähnlich den Rotariern oder dem Lions Club. A. d. Ü.

»Gefällt dir das?« fragte Warren über die Musik hinweg. Er stand da und lächelte, während meine Mutter ganz allein tanzte.

»Aber ganz bestimmt«, sagte sie, und sie schnipste mit den Fingern und sagte »Cha-cha-cha« im Rhythmus der Musik. Sie griff nach meinen Händen. »Komm schon, Joe, tanz mit deiner Mutter«, sagte sie, und sie versuchte mich aus meinem Stuhl und auf die Füße zu ziehen. Ich erinnere mich daran, daß ihre Hände ganz kalt waren und sich klein und dünn anfühlten. Ich stand auf, obwohl ich das ganz bestimmt nicht wollte und überhaupt nicht tanzen konnte. Meine Mutter zog mich zu sich heran und schob mich wieder zurück und sagte »Cha-cha-cha« und schaute auf meine Füße hinunter, die sich konfus bewegten, vor und zurück. Ihre Arme waren steif und meine waren es auch. Es war etwas Schreckliches, das zu machen – machen zu müssen –, mit der eigenen Mutter, in einem fremden Haus und vor einem Mann, den ich nicht kannte und nicht mochte.

Als ich mindestens zehn Schritte vor und zurück gemacht hatte, hörte ich einfach ganz auf, ließ die Arme hängen und blieb stehen, so daß meine Mutter innehielt und mich verärgert ansah.

»Du bist ein schrecklicher Tänzer, Joe«, sagte sie zu mir über die Musik hinweg. »Du hast Füße wie Ambosse. Ich schäme mich für dich.« Sie ließ meine Hände los und starrte einfach zur niedrigen Decke hoch, mitten in die runde Deckenlampe, als hoffte sie, irgend etwas oder jemand anders würde an meiner Stelle erscheinen, wenn sie wieder zu mir hinsah.

»Du mußt mit mir tanzen, Warren«, sagte sie. »Mein Sohn will nicht mit mir tanzen, und sonst ist niemand hier.«

Sie drehte sich zu Warren Miller um und hielt ihm ihre nackten Arme hin. »Komm schon, Warren«, sagte sie. »Joe möchte, daß ich mit dir tanze. Du bist der Gastgeber. Du mußt tun, was die Gäste wünschen. Ganz egal, wie albern es ist.«

»Ich versuch's. In Ordnung«, sagte Warren Miller. Er kam durch das Zimmer auf meine Mutter zu. Sein starkes Hinken ließ ihn wie jemanden erscheinen, der niemals tanzen könnte und es auch nie wollen würde. Er ging tatsächlich so, als hätte er ein Holzbein.

Meine Mutter begann wieder allein zu tanzen, bevor er es überhaupt versucht hatte. Sie sagte »Cha-cha-cha«, und als Warren Miller in Reichweite ihrer Arme war, nahm sie seine großen Hände und begann ihn zurückzuschieben und dann wieder zu sich heranzuziehen, wie sie es mit mir getan hatte. Und Warren Miller hielt mit. Jedes Mal, wenn er sich rückwärts bewegte, knickte er ein, und es sah aus, als würde er hinfallen, aber dann zog meine Mutter ganz fest an seinen Armen, und er schien in sie hineinstolpern zu wollen. Meine Mutter sagte die ganze Zeit »Cha-cha, cha-cha-cha« zur Musik und ging auf den Zehenspitzen vor und zurück und sagte Warren, daß er nicht auf seine Füße schauen, sondern sich nur so bewegen sollte wie sie, und Warren hinkte und zog den Kopf ein, blieb aber auf den Beinen, und nach ein paar Malen war er auch auf den Zehen und wirkte irgendwie leichtfüßig, so wie sich ein großes Tier bewegen kann. Er hatte ein Lächeln auf dem Gesicht, und er begann, mit meiner Mutter »Cha-cha-cha« zu sagen und ihr ins Gesicht und nicht auf seine Füße zu sehen, die in den Stiefeln über den Fußboden scharrten. Meine Mutter ließ nach einer Minute seine Hände los und legte ihre Hände auf seine Schultern, und er legte die Hände an ihre Taille, und so tanzten sie dann zusammen – meine Mutter auf den Zehen und Warren mit seinem Hinken.

»Schau dir das an, Joe«, sagte meine Mutter. »Ist das nicht wunderbar? Mein Gott. Warren ist ein Mann, der tanzen kann. Er ist einer unter Millionen.« Sie warf den Kopf zurück und ließ das Haar über die Schultern fallen, während sie weitertanzte, schwenkte den Kopf zum Schlagzeugrhythmus hin und her. Und mir schien, daß sie wahrscheinlich nicht wollte, daß ich ihr zuschaute. Ich hatte wirklich das Gefühl, daß ich etwas tat, das ich nicht tun sollte, und so stand ich auf und ging in das Schlafzimmer, in das meine Mutter gegangen war, und schloß die Tür.

Durch die Wand hindurch hörte sich die Musik so an, als ob irgend etwas auf den Boden hämmerte. Ich konnte ihre Füße scharren und beide lachen hören, als würden sie sich prächtig amüsieren.

Ich hatte im Schlafzimmer nichts zu tun. Alle Lichter waren an. Die Fensterscheiben glänzten, und ich konnte durch sie hindurch ins Haus nebenan sehen. Ein alter Mann und eine ältere Frau – älter als Warren – saßen nebeneinander in Sesseln und sahen im Dunkeln fern. Ich konnte den Bildschirm nicht sehen, aber beide, der Mann und die Frau, lachten. Ich wußte, daß sie mich sehen konnten, wenn sie sich umschauten, und vielleicht konnten sie sogar spüren, daß ich sie beobachtete, und dachten, daß ich ein Einbrecher wäre, und bekamen Angst, wenn sie mich sahen – also trat ich vom Fenster zurück.

Es war Warren Millers Schlafzimmer. Die Wände waren blaßblau, und da stand ein großes Bett mit einer weißen Bettdecke und einem geschwungenen Kopfteil und einer dazu passenden Kommode mit einem Fernseher oben drauf. Eine Lampe mit einem runden gelben Schirm wie die im vorderen Fenster stand auf dem Nachttisch. Ein dickes Portemonnaie und etwas Kleingeld lagen neben einem zusammengefalteten Stück Papier auf der Kommode, auf dem der Name meiner Mutter und eine Telefonnummer standen. Darunter stand der Name meines Vaters, unterstrichen, und dann mein eigener Name – Joe, daneben lag ein Scheck. Das war vollkommen in Ordnung, dachte ich. Meine Mutter arbeitete jetzt für Warren Miller. Er wollte meinem Vater demnächst einen Job verschaffen und mich im DeMolay-Club unterbringen.

Ich ging ins Badezimmer, in dem es dunkel war. Ich wußte, daß meine Mutter das Licht ausgeknipst hatte, und ich machte es wieder an. Über die Musik im Wohnzimmer hinweg hörte ich meine Mutter laut sagen: »Es ist leidenschaftliche Musik, nicht wahr?« Und dann scharrten ihre Füße weiter über den Fußboden.

Das Badezimmer war ganz weiß mit weißen Handtüchern und einer weißen Wanne. Ich konnte sehen, wo meine Mutter ihre Hände in einem Handtuch abgetrocknet hatte. Ich konnte Haare von ihr auf dem weißen Waschbeckenrand sehen, ihr Parfüm in der warmen Luft riechen. Warrens Sachen waren nebeneinander aufgereiht: ein Rasierer, eine Tube mit Rasiercreme, eine Flasche mit rotem Haarwasser, eine Lederflasche mit einer After-Shave-Lotion, eine silberne Pinzette, ein langer schwarzer Kamm und eine Bürste mit gelben Borsten, einem Riemen und den Initialen WBM auf dem Leder. Ich suchte nichts Bestimmtes. Ich wollte bloß aus dem Wohnzimmer raus, wo die Musik spielte und Warren Miller und meine Mutter tanzten. Ich zog die Schublade unterm Waschbecken auf, und da war nur ein weißer Waschlappen, zusammengefaltet und sauber, mit einem neuen Stück Seife darauf.

Ich schob die Schublade wieder zu, ging zurück ins Schlafzimmer und machte den Schrank auf. Warrens Anzüge hingen dort nebeneinander und mehrere Paare großer Schuhe – eins davon ein Paar brauner Golfschuhe – standen in einer Reihe darunter. Am Ende hing eine Armeeuniform, und auf dem Boden stand ein Paar silberner hochhackiger Frauenschuhe.

Hinter den Anzügen hingen Fotos und Dokumente in Bilderrahmen an der Schrankwand. Ich zog an der Lichtkordel und schob die Anzüge zur Seite, um die Bilder anzuschauen. Es roch nach Mottenkugeln, und es war kühl. Warren Millers Ausmusterungsurkunde von der Armee und seine Examensurkunde vom Dartmouth College hingen nebeneinander. Da war ein Bild von zwei Männern in Uniform, die neben einem alten Flugzeug standen, am Rande von etwas, das wie ein Dschungel aussah. Es gab auch ein gerahmtes Foto von Warren Miller, wie er neben der Frau stand, deren Bild im Wohnzimmer war. Sie waren beide gut angezogen, und die Frau lächelte und hielt einen Strauß mir irgendwelchen weißen Blumen in der Hand. Sie blinzelte in die Sonne. Das Bild war vor Jahren aufgenommen worden, aber Warren wirkte vertraut, breit und schwer und groß, nur mit dickerem, kürzerem Haar. Neben dem Bild hing eine metallene Beinschiene an einem Nagel, eine glänzende Stahlprothese mit rosa Riemen, beweglichen Schnallen und Scharnieren, die Warren am Bein getragen haben mußte und die ihn hinken ließ, aber auch überhaupt erst zu gehen erlaubte.

Ich machte den Schrank zu und ging zurück ins Schlafzimmer, in dem es wärmer schien. Ein Buch lag mit den aufgeschlagenen Seiten nach unten auf dem beleuchteten Nachttisch. Auf dem Umschlag war das Bild eines Cowboys, der einen galoppierenden Schimmel ritt, eine Frau mit zerrissener Bluse im Arm hielt und auf Männer schoß, die sie auf Pferden verfolgten. *Texas Trouble* war der Titel.

Ich zog die Nachttischschublade auf, in der ein paar Golftees und eine kleine zerschlissene Bibel mit einem grünen Lesebändchen lagen. Die Schublade roch nach Talkumpuder. Zwei silberne Messer wie das, das er mir gegeben hatte, mit der Gravur BURMA 1943, lagen ebenfalls in der Schublade. Und da lag auch eine Pistole, eine kleine Automatik mit kurzem Lauf und schwarzem Plastikgriff. Ich hatte schon vorher Pistolen in der Hand gehabt. Mein Vater hatte auch eine Pistole im Nachttisch. Dies hier war eine kleinkalibrige – eine 32er oder sogar noch kleiner, etwas, um Leute zu erschrecken oder zu verwunden, aber nicht unbedingt zu töten. Ich nahm sie in die Hand, und sie war schwerer, als ich gedacht hatte, und wirkte gefährlicher, als ich zunächst angenommen hatte. Ich nahm sie fest in die Hand und legte den Finger an den Abzug, zielte auf die Schranktür und machte ein leises Knallgeräusch mit den Lippen. Ich dachte darüber nach, wie es wäre, jemanden zu erschießen, ihn zu verfolgen, zu zielen, meinen Arm und meine Hand ruhig zu halten und dann abzudrükken. Ich hatte niemandem im Kopf, den ich erschießen wollte. Jemanden zu erschießen, das war etwas, das ich – da war ich sicher – nie tun würde. Aber schließlich *passierten* solche Dinge. Und es war gut, davon zu wissen, auch wenn man noch lange nicht die Gelegenheit oder den Wunsch dazu hatte.

Ich drehte mich um, um die Pistole wieder in die Schublade zu legen, aber ich sah, daß da ein weißes Taschentuch war, das unter der Waffe gelegen hatte. Auf dem Taschentuch waren die gleichen Initialen wie auf der Bürste – WBM –, die in einer Ecke mit blauen Buchstaben aufgestickt waren. Und aus irgendeinem Grund preßte ich meine Hand auf das Taschentuch, das zu einem Quadrat zusammengefaltet war. Und ich ertastete etwas darin oder darunter. Ich drehte das Taschentuch um, so daß ich sehen konnte, was ich gespürt hatte, und da lag ein Präservativ in rotgoldenem Stanniolpapier. Ich hatte schon mal eins gesehen. Ja, ich hatte sie sogar schon oft gesehen, obwohl ich noch nie eins benutzt hatte. Jungen in der Schule, die ich in Lewiston besucht hatte, besaßen sie und gaben damit an. Keiner, den ich in der Schule in Great Falls kannte, hatte mir ein Kondom gezeigt, obwohl die Jungen übers Bumsen mit Mädchen redeten, und ich glaubte, daß sie welche hatten und wußten, was man mit ihnen machte. Ich hatte nie gewußt, ob mein Vater welche hatte, obwohl ich darüber nachgedacht und sogar in seinen Schubladen nach ihnen gesucht hatte. Ich weiß nicht, was ich getan hätte, wenn ich welche gefunden hätte, denn ich dachte, daß es seine Sache war, seine und die meiner Mutter. Ich war nicht so ganz unerfahren, wußte, was Leute miteinander machten, wenn sie allein waren. Ich wußte, sie taten, wozu sie Lust hatten.

Es überraschte mich nicht, daß Warren ein Gummi hatte, obwohl ich mir nicht vorstellen konnte, wie er ihn benutzte. Als ich es versuchte, konnte ich ihn nur vor mir sehen, wie er auf der Bettkante saß, da, wo ich jetzt war, in seiner Unterwäsche, eine Hand auf der Matratze, und bloß auf den Boden starrend. Eine Frau kam nicht vor. Aber ich wußte, daß es sein gutes Recht war, einen Gummi zu haben, wenn er das wollte. Ich nahm ihn aus dem weißen Taschentuch. Murphy hieß die Firma, die ihn hergestellt hatte, aus Akron, Ohio. Ich drückte die Verpackung zwischen den Fingern, ertastete seinen Umriß. Ich roch daran, und er roch nach Stärke vom Taschentuch. Ich überlegte, ob ich ihn aus der Verpackung nehmen sollte. Aber es gab absolut nichts, das ich damit machen konnte.

Ich legte ihn wieder zwischen die Falten des Taschentuchs und die Pistole obendrauf. Aber als ich das tat, dachte ich an Warrens Frau, Marie LaRose oder wie immer sie hieß, und daß sie aus diesem Haus gegangen war, aus genau diesem Zimmer, und nicht vorhatte, wiederzukommen. Und daß Warren hier allein war mit dieser Erinnerung und den Gedanken daran. Ich schloß die Schublade, ging dann wieder nach draußen, wo Warren Miller und meine Mutter waren, wo die Musik aufgehört hatte.

Meine Mutter saß auf dem Klavierhocker, ihre Beine von sich gestreckt. Sie hatte die grünen Schuhe nicht ausgezogen, aber ihr grünes Kleid war ihr bis über die Knie hochgerutscht, und sie fächerte sich mit einem Notenblatt vom Klavier Luft zu. Sie lächelte mich an, als hätte sie erwartet, daß ich genau in diesem Augenblick aus dem Zimmer käme. Warren Miller saß am Eßtisch, auf dem noch alle

Teller und Schüsseln standen. Er rauchte wieder seine Zigarre.

»Hast du da drinnen in alle Schubladen von Warren geguckt?« sagte meine Mutter, lächelte und fächerte sich Luft zu. Ihre Stimme war immer noch tief. »So kommst du hinter seine Geheimnisse. Ich bin sicher, daß er eine Menge hat.«

»Keins, das er nicht wissen dürfte«, sagte Warren. Er hatte den obersten Hemdknopf aufgemacht und schwitzte unter den Achseln.

»Als Joes Vater und ich frisch verheiratet waren«, sagte meine Mutter, »hab ich mir einen Matrosenanzug geliehen und einen kleinen Steptanz hingelegt, als er vom Golfunterricht nach Hause kam. Es war ein Geschenk zum Hochzeitstag. Er fand das toll. Aus irgendeinem Grund hab ich gerade daran gedacht.«

»Das glaub ich, daß er das mochte. Das war bestimmt schön.« Warren nahm die Brille ab und putzte sie mit der Serviette, dann tupfte er sich die Augen ab. Sein Gesicht wirkte größer und weißer ohne die Brille. »Deine Mutter ist eine leidenschaftliche Tänzerin, weißt du das, Joe?«

»Er meint, daß ich's so lange mache, bis ich umfalle«, sagte meine Mutter. »Aber hier ist es ja auch so heiß, als ob's brennen würde. Da würde jeder tot umfallen.« Meine Mutter sah mich an, als hätte sie mich, seit ich wieder aus dem Zimmer gekommen war, gerade zum ersten Mal bemerkt. »Was würdest du jetzt gerne machen, Liebling?« sagte sie. »Wir langweilen dich bestimmt zu Tode. *Ich* tu's bestimmt.«

»Nein«, sagte ich. »Tust du nicht. Ich langweil mich nicht.«

»Weißt du, wie Warren sich sein Bein verletzt hat?« fragte meine Mutter. Sie zupfte sich eine Strähne feuchten Haares von der Stirn und fächerte ihrem Gesicht noch etwas mehr Luft zu.

»Nein«, sagte ich, und setzte mich wieder hin, wo ich vorhin schon am Eßtisch gegessen hatte, neben Warren Miller.

»Na, willst du's wissen?« sagte sie.

»Meinetwegen«, sagte ich.

»Also. Er wurde von hinten von einer großen Rolle Stacheldraht erwischt, als er bis zum Hintern im Wasser durch den Smith River watete. Das stimmt doch, Warren? Der Stacheldraht war unter Wasser, und du hast ihn nicht kommen sehen. Das hast du doch gesagt?«

»Das stimmt«, sagte Warren Miller. Er schien sich etwas unwohl zu fühlen, daß meine Mutter das erzählte.

»Und was lernen wir daraus?« Meine Mutter lächelte.

»Warren scheint zu denken, daß wir aus allem eine Lehre ziehen müssen. Das darf man auf keinen Fall vergessen.«

»Irgend etwas ist immer da, das nur auf dich wartet«, sagte Warren Miller, am Eßtisch sitzend, die dicken Beine vor sich übereinandergeschlagen.

»Oder auch nicht«, sagte meine Mutter.

»Oder auch nicht – das ist auch wahr«, sagte Warren und lächelte meine Mutter an. Er mochte sie. Ich konnte sehen, daß das so war.

»Joe und ich müssen jetzt nach Hause, Warren«, sagte meine Mutter, und sie stand auf. »Ich bin plötzlich gereizt, und Joe langweilt sich.«

»Ich hatte gehofft, ihr würdet über Nacht bleiben«, sagte Warren Miller, die Hände auf den Knien, lächelnd. »Es ist kälter geworden. Und du bist betrunken.«

»Ich *bin* betrunken«, sagte meine Mutter. Sie betrachtete das alte Klavier hinter sich und legte die Noten auf einen kleinen Notenständer. »Das ist doch kein Verbrechen, oder?« Sie sah mich an. »Weißt du, daß Warren Klavier spielen kann, Liebling? Er ist sehr talentiert. Du solltest auch so sein wie er.«

»Es gibt noch ein Schlafzimmer«, sagte Warren Miller und

zeigte auf das andere Zimmer, wo Licht brannte und das Fußende eines anderen Bettes zu sehen war.

»Ich hatte nie vor, über Nacht hierzubleiben«, sagte meine Mutter. Sie blickte im Wohnzimmer umher, als suchte sie nach einem Mantel, den sie draußen tragen könnte. »Joe ist ein sehr guter Fahrer. Sein Vater hat ihm das beigebracht.«

»Du mußt dir was überziehen«, sagte Warren Miller. Er stand auf und ging hinkend in das andere Schlafzimmer, das Zimmer, in dem ich nicht gewesen war.

»Warren wird mir jetzt einen Mantel von seiner Frau geben, glaub ich«, sagte meine Mutter und schien verärgert. »Du hast doch nichts dagegen zu fahren, oder? Es tut mir leid. Ich bin betrunken.«

»Das ist schon in Ordnung«, sagte ich. »Macht nichts.«

»Kampferfahrung«, sagte meine Mutter. »So nannte meine Mutter das, wenn mein Vater betrunken war und rumtobte und alles Mögliche verlangte. Du wirst eines Tages befördert. Das heißt, daß du erwachsen bist und gehen kannst.«

Warren Miller hinkte wieder ins Zimmer und hielt einen braunen Herrenmantel in der Hand. »Der wird gehen«, sagte er. Er kam zu ihr und hielt ihr den Mantel, während sie hineinschlüpfte. Sie knöpfte alle drei Knöpfe zu, und dabei sah sie wie jemand anderes aus – nicht wie ein Mann, aber wie jemand, den ich nicht kannte.

»Hast du keine Mäntel von deiner Mutter mehr?« fragte meine Mutter.

»Ich hab sie für die Armen weggegeben«, sagte Warren.

»Hast du die von deiner Frau auch weggegeben?« Sie lächelte ihn an.

»Vielleicht werf ich die einfach weg«, sagte er.

»Tu das nicht«, sagte meine Mutter. »Vielleicht ist sie auch so was, das nur auf dich wartet in der Strömung. Man weiß nie.«

»Ich hoffe nicht«, sagte Warren. Und plötzlich packte er meine Mutter an den Schultern, zog sie zu sich heran und küßte sie vor meinen Augen auf den Mund. Und ich mochte das nicht. Meine Mutter entzog sich, als hätte sie es auch nicht gemocht. Sie ging auf die Haustür zu.

»Komm, Joe, der Spaß ist jetzt vorbei«, sagte sie.

Ich folgte ihr, aber ich warf einen Blick auf Warren Miller, und er hatte einen Gesichtsausdruck, der mir gar nicht gefiel. Er war wütend, und ich konnte sehen, wie er unter seinem weißen Hemd atmete. Er sah aus wie jemand, der einem weh tun konnte und es auch tun würde, wenn er die Fassung verlor oder einen Grund hatte. Ich mochte ihn nicht, und daran änderte sich auch nichts mehr. Ich wollte bloß weg von ihm, mit meiner Mutter in die Nacht hinaus und nach Hause fahren.

Es war kalt im Auto, als wir einstiegen. Ich saß hinterm Steuer und legte die Hände darauf, wartete, bis meine Mutter die Schlüssel fand. Sie lagen auf dem Sitz. Das Steuerrad war kalt und schwer zu bewegen. Unten an der Straße schimmerte das blaue Licht des Italieners immer noch wie Dunst.

»Ich hab furchtbares Herzklopfen«, sagte meine Mutter. »Mach mal Licht an.« Ich machte die Innenbeleuchtung an, und sie beugte sich vor, um die Schlüssel zu suchen, und fand sie schließlich im Spalt des Sitzes. »Ich habe zuviel getrunken«, sagte sie. »Das Herz fängt an zu rasen.« Sie gab mir die Schlüssel. Dann sagte sie: »Bleib hier, Joe. Ich möchte diesen Mantel nicht nach Hause tragen.«

Sie öffnete die Tür, stieg aus, ging zurück über die Straße und die Betontreppe hoch, bis zu der Stelle, wo im Fenster noch immer die Lichter brannten. Ich schaute zu, während sie klingelte und dann wartete. Warren Miller kam an die Tür, und sie trat ein, wobei sie schon den Mantel auszog. Ich sah, wie sie am Fenster vorbeigingen. Er hielt sie am

Arm, und sie redeten. Dann konnte ich sie nicht mehr sehen.

Ich saß da im kalten Auto, die Scheinwerfer ausgestellt, und wartete, schaute die Straße hinunter. Ich sah zu, wie eine Gruppe von Männern aus dem italienischen Restaurant herauskam und auf die leere Straße hinaustrat. Sie standen da und redeten miteinander, die Hände in den Hosentaschen, dann schlug einer der Männer einem anderen zum Scherz auf den Arm, und dann gingen sie alle in unterschiedlichen Richtungen auseinander. Weiter unten an der Straße flammten Scheinwerfer am Kantstein auf, dann fuhren die Wagen weg. Ich saß still da, während ein Wagen an mir vorbeifuhr. Eine Minute später kamen ein Mann und eine Frau, die schwere Wintermäntel trugen, zusammen aus dem Restaurant. Sie traten auf die Straße hinaus, wie die andern es getan hatten, und standen da und redeten. Dann ging der Mann mit der Frau zu einem Auto und öffnete die Tür. Er küßte sie, dann stieg sie ein, ließ den Motor an und fuhr weg. Der Mann fand seinen Wagen weiter unten an der Straße und fuhr ebenfalls weg, in entgegengesetzter Richtung.

Ich sah zu Warren Millers Haus hoch und versuchte zu erraten, wie lange ich wohl gewartet hatte und wie lange ich noch warten mußte und was meine Mutter über den Mantel sagte und warum sie ihn nicht tragen wollte. Ich verstand nicht, warum das von Bedeutung war, und glaubte statt dessen, daß sie ihm sagen wollte, daß sie nicht geküßt werden wollte und besonders nicht so, vor meinen Augen, und daß sie das nicht noch mal mit sich machen lassen wollte. Ich fragte mich, was Warren Miller mit seinem Boot machte, das ich oben auf der Einfahrt sehen konnte, fragte mich, auf welchen Gewässern er es fuhr und ob er überhaupt dazu kam, damit zu fahren oder in seinem Flugzeug zu fliegen – nach Spokane –, und ob ich ihn je wiedersehen würde. Und aus irgendeinem Grund kam es mir so vor, als ob ich ihn nicht wiedersehen würde, und aus dem Grund wünschte ich, ich hätte das Silbermesser, das er mir gegeben hatte, zu den beiden anderen zurück in die Schublade gelegt. Ich konnte es jetzt nicht mehr gebrauchen, und ich dachte, ich würde es wegwerfen, wenn ich die Gelegenheit dazu hatte, es in den Fluß werfen, wenn wir ihn auf unserm Nachhauseweg überquerten. Und irgend etwas im Zusammenhang mit diesem Gedanken, mit Warren Miller und der Art, wie er aussah, als ich ihn zuletzt gesehen hatte, durch das Fenster seines Hauses, mit meiner Mutter im Wohnzimmer, brachte ihn mir wieder ins Gedächtnis – ein großer lächelnder Mann, dem mein Vater das Golfspielen beigebracht hatte, jemand, an dessen Namen ich mich nicht erinnern konnte oder zu dem ich nichts gesagt hatte, den ich bloß sah, vielleicht durch ein Fenster oder in einem Auto, oder wie er in einiger Entfernung einen Ball schlug. Bloß diesen Teil einer Erinnerung hatte ich.

Ich fragte mich, ob es irgendein Muster oder eine Ordnung der Dinge im Leben gab – nicht eine, die man kannte, sondern eine, die verborgen in einem wirksam war und Ereignisse, wenn sie geschahen, richtig erscheinen ließ oder einem Zuversicht ihnen gegenüber verlieh oder die Bereitschaft, sie zu akzeptieren, auch wenn sie einem falsch vorkamen. Oder geschah alles immer nur einfach so, in einem Wirbel ohne Ende oder Ursache – so wie wir Ameisen sehen oder Moleküle unterm Mikroskop oder wie andere uns sehen, wenn sie unsere Probleme nicht kennen und uns von einem anderen Planeten aus beobachten?

Vom Fuß des Hügels hörte ich die Pfeife für den Elf-Uhr-Schichtwechsel. Männer von der Ölraffinerie gingen nach Hause, und ich war müde und wollte Warren Miller aus unserem Leben raushaben, da er keinen Platz darin zu haben schien.

Ich stieg aus dem Auto, trat auf die kalte Straße und sah zum Haus hinüber. Ich dachte, meine Mutter würde jeden

Augenblick aus der Haustür kommen, aber dort rührte sich nichts. Das Verandalicht war aus, aber die gelbe Lampe drinnen brannte immer noch. Ich glaubte Musik zu hören, Boogie-Woogie – ein Klavier und ein paar Blasinstrumente –, aber ich war mir nicht sicher. Es konnte auch vom Italiener kommen. Ich wartete einen Moment, blickte nur auf das Haus. Ich wußte nicht, wieviel Zeit vergangen war, seit meine Mutter hineingegangen war. Ich hörte eine Rangierlok an den Güterbahnhöfen unten am Hügel. Mehrere Autos fuhren noch an mir vorbei. Schließlich ging ich über die Straße und die Treppe hoch, blieb auf halbem Wege stehen und horchte. Die Musik war lauter und kam aus Warren Millers Wohnzimmer. Ich wollte rufen, daß meine Mutter rauskommen oder ans Fenster kommen und mir ein Zeichen geben sollte. Aber ich wollte nicht »Mutter« oder »Jeanette« rufen.

Ich ging die Eingangstreppe bis zur Veranda hoch, und statt an die Tür zu gehen und anzuklopfen, ging ich zum vorderen Fenster, durch das ich ins Wohnzimmer sehen konnte. Ich sah den Tisch, auf dem immer noch unser Geschirr stand. Ich sah, daß die Tür zur Küche immer noch offenstand und auch die Türen zu beiden Schlafzimmern und dem Badezimmer dahinter, in dem ich gewesen war, und wo das Licht auf die weißen Fliesen fiel. Und ich sah meine Mutter und Warren Miller. Sie standen mitten im Wohnzimmer, genau da, wo sie gewesen waren, als sie getanzt hatten. Und ich glaube, ich hätte sie fast gar nicht gesehen. Wenn ich in dem Augenblick zurück zum Wagen gegangen wäre, hätte ich sie überhaupt nicht gesehen oder mich nicht daran erinnert. Der Mantel, den meine Mutter getragen hatte, lag auf dem Fußboden, und sie hatte ihre nackten Arme um Warren Millers Hals gelegt und küßte ihn und hatte die Hände in seinem Haar, mitten im hellerleuchteten Zimmer stehend. Warren Miller hatte das grüne Kleid meiner Mutter hinten hochgezogen, so daß man sehen konnte, wo ihre Strümpfe von weißen elastischen Strapsen gehalten wurden, und man sah ihr weißes Höschen. Und obwohl er seine Zigarre in der Hand hatte, sie zwischen den Fingern hielt, hatte er meine Mutter über ihrer Unterwäsche gepackt und zog sie so fest an sich, daß er sie vom Fußboden hob und an sich gedrückt hielt, während er sie küßte und sie ihn küßte.

Ich stand am Fenster und sah, was sie taten – was nicht mehr war, als ich gesagt habe –, bis die Füße meiner Mutter wieder den Boden berührten und ich dachte, daß sie plötzlich aufhören würden, sich zu küssen, sich beide umdrehen und mich sehen würden, denn ich war durch das Fenster vollkommen sichtbar. Ich wollte sie gar nicht stoppen oder sie dazu zwingen, etwas zu tun, was sie nicht tun wollten. Ich wollte nur zusehen, bis das geschah, was geschehen sollte, ganz egal, was es dann war. Aber als die Füße meiner Mutter den Boden berührten, ging ich zur Seite, und als ich einmal vom Fenster weg war, konnte ich mich nicht wieder davorstellen. Ich hatte Angst, daß sie die Bewegung sehen würden. Und so drehte ich mich einfach um, ging die Treppe wieder hinunter und über die Straße zum Auto, setzte mich auf den Fahrersitz und wartete darauf, daß meine Mutter mit dem, was sie da drinnen machte, fertig wurde und herauskam, so daß wir nach Hause fahren konnten.

Nicht sehr viel später öffnete sich die Haustür, und meine Mutter kam heraus, ohne den Mantel, bloß in ihrem grünen Kleid. Sie ging direkt die Treppe herunter. Warren Miller sah ich nicht. Die Tür blieb nur einen Augenblick lang offen und schloß sich dann wieder. Das Verandalicht ging nicht wieder an, aber ich sah, wie im Haus ein Licht ausgeschaltet wurde.

Meine Mutter lief über die Straße, setzte sich neben mich in den Wagen und zitterte, als sie die Tür schloß. »Er braucht ein schöneres Haus«, sagte sie. Sie verschränkte die Arme vor der Brust, zitterte wieder und schüttelte den Kopf. Ich konnte den süßen fettigen Geruch des roten Haarwassers riechen, das in Warren Millers Badezimmer stand. »Ist dir nicht kalt?« sagte sie. »Es wird kälter. Es wird demnächst schneien, und was dann?«

»Angeblich wird's noch nicht so bald schneien«, sagte ich. Ich hatte den Wagen noch nicht angelassen. Wir saßen bloß da im Dunkeln.

»Gut«, sagte sie und blies sich auf die Handrücken. »Ich hab mich selbst überrascht. Mir hat's Spaß gemacht. Dir auch?«

»Ja«, sagte ich. »Hat es«, obwohl das eine Lüge war.

»Ich wollte diesen alten Mantel aber nicht. Ich wollte ihn einfach nicht.« Sie hielt die Hände vors Gesicht. »Meine Wangen sind heiß.« Sie drehte sich um und schaute auf den Rücksitz, als erwartete sie dort jemanden zu sehen, dann sah sie mich im Dunkeln an. »Magst du ihn?«

»Nein«, sagte ich. »Nicht so sehr.«

»Tut es dir dann leid, daß du mitgekommen bist? Ist es das, was du mir sagen willst?«

»Weiß ich nicht«, sagte ich. »Darüber hab ich noch nicht nachgedacht.« Ich berührte den Schlüssel und drehte ihn, um den Wagen zu starten. Der Heizungsventilator ging an und blies kalte Luft ins Wageninnere.

»Dann denk mal drüber nach«, sagte sie.

»Das werd ich.«

»Was wirst du über mich denken, wenn ich tot bin?« sagte sie. »Vielleicht hast du darüber auch noch nicht nachgedacht.«

»Darüber hab ich nachgedacht«, sagte ich, und ich stellte die Heizung ab.

»Und? Wie lautet dein Urteil? Ich kann's schon ertragen, wenn es schuldig heißt.«

»Du würdest mir fehlen«, sagte ich, »soviel weiß ich.«

»Warren sagt, er will dich wirklich mit dem Flugzeug mitnehmen«, sagte sie. »Er sagt, du kannst das ganze Morse-alphabet an einem Nachmittag lernen. Ich wollte das immer schon lernen. Ich könnte Leuten an anderen Orten geheime Botschaften schicken.«

»Warum hat ihn seine Frau verlassen?« fragte ich. Das war alles, was ich sagen konnte.

»Darüber weiß ich nichts«, sagte meine Mutter. »Er sieht wirklich nicht gut aus. Obwohl Männer auf ganz unterschiedliche Weise gut aussehen können. Anders als Frauen. Findest du, daß du gut aussiehst?« Als sie das sagte, schaute sie mich direkt an. Wir saßen einfach nur im Wagen, genau vor Warren Millers Haus, im Dunkeln, und redeten. »Du siehst wie dein Vater aus. Findest du, daß er gut aussieht?«

»Ich finde, ja«, sagte ich.

»Ich finde das auch«, sagte meine Mutter. »Ich habe immer gedacht, daß er sehr gut aussieht.« Sie legte die Handfläche an das kalte Fenster neben ihr, hielt sie dann an ihre Wangen. »Es ist einsam hier oben, nicht? Findest du es einsam hier?«

»Im Moment, ja«, sagte ich.

»Das hängt gar nicht so sehr damit zusammen, daß man allein ist oder jemanden bei sich haben möchte, der nicht da ist, oder? Es hängt damit zusammen, daß man mit Leuten zusammen ist, die nicht wirklich zu einem passen. Ich glaube, so ist das.«

»Vielleicht«, sagte ich.

»Und du bist mit mir zusammen.« Meine Mutter lächelte mich an. »Ich nehm an, ich passe im Moment nicht sehr gut zu dir. Das ist Pech. Pech für mich, meine ich.«

»Ich finde, du paßt zu mir«, sagte ich. Ich blickte zu Warren Millers Haus hinauf und sah, daß im vorderen Zimmer alle Lichter aus waren. Nur aus einem Seitenfenster kam ein Lichtschein. Er war in seinem Schlafzimmer, und ich konnte ihn mir vorstellen, wie er sich über die Schranktür

beugte, seine Stiefel auszog, seine Hand an der blauen Tapete, um das Gleichgewicht zu halten. Vielleicht, dachte
ich, konnte man ihm nicht vorwerfen, daß er meine Mutter
geküßt und ihr Kleid bis über die Hüfte hochgezogen
hatte. Vielleicht war das alles, was er tun konnte. Vielleicht
konnte man überhaupt niemandem dafür und für vieles andere einen Vorwurf machen, das so geschah.

»Laß uns jetzt wegfahren«, sagte meine Mutter zu mir. »Ist
alles in Ordnung mit dir?«

»Mir geht's gut«, sagte ich.

»Ich weiß, daß du Wein getrunken hast.«

»Ich fühl mich gut«, sagte ich. »Wie fühlst du dich?«

»Oh, naja«, sagte meine Mutter. »Wie fühl ich mich? Ich
hab Angst, jetzt jemand anders zu werden, nehm ich an.
Jemand ganz neues und anderes. So funktioniert die Welt
wahrscheinlich. Wir wissen das bloß nicht, bis es passiert
ist. ›Ha-ha‹, sollten wir wohl sagen. ›Ha-ha.‹« Sie lächelte
mich wieder an.

Dann fuhr ich die Straße hinunter, weg von Warren Millers
Haus, und dachte, daß die Welt sich auch für mich veränderte, und zwar schnell. Ich konnte das spüren, wie ein
Summen um mich herum, genau wie mein Vater es mir gesagt hatte, als er mir erzählte, was für ein Gefühl er hatte,
als die Welt sich für ihn zu verändern begann.

Als wir an diesem Abend in unser Haus kamen, klingelte
das Telefon. Es war halb zwölf. Meine Mutter ging direkt
nach hinten in die Küche und nahm ab. Es war mein Vater,
der vom Waldbrand aus anrief.

»Ja, Jerry. Wie geht es dir?« hörte ich meine Mutter sagen.
Ich konnte sie sehen, wie sie am Küchentisch stand. Sie
wickelte die Schnur um den Finger und sah mich durch die
Tür an, während sie mit ihm redete. Sie wirkte größer, als
sie in Warren Millers Haus gewirkt hatte. Ihr Gesicht sah
anders aus, geschäftsmäßiger, weniger bereit zu lächeln.

Ich stand da und beobachtete sie, als ob ich als nächster sprechen würde, obwohl ich wußte, daß das nicht so war.
»Also, das ist sehr gut, mein Schatz«, sagte meine Mutter. »Wirklich. Das erleichtert mich.« Sie nickte, während sie mich noch immer beobachtete. Ich wußte, daß sie gar nicht an mich dachte, vielleicht gar nicht gemerkt hätte, daß ich die Person war, die sie ansah. »Daß du das gesehen hast«, sagte sie. »Mein Gott.« Sie blickte sich suchend um und entdeckte die Tasse, aus der sie Whisky getrunken hatte, bevor wir früher am Abend weggegangen waren, und stand da und hielt sie in der Hand, während sie sprach. »Na, kann man denn überhaupt atmen?« sagte sie. »Das wollte ich dich schon immer fragen: Das ist doch das Entscheidende.«
Dann sprach mein Vater eine Weile. Ich konnte seine Stimme durch den ganzen Raum hindurch im Hörer sirren hören.
»Ah-ha«, sagte sie. »Ah-ha.« Sie hielt die leere Tasse in der Hand. Sie hob sie sogar noch ein letztes Mal und ließ ein paar Tropfen in ihren Mund rinnen, während sie zuhörte. Dann stellte sie sie auf den Tisch. »Ja. Man kommt an seine Grenzen. Ich weiß das. Man muß sich anpassen«, sagte sie. »Wie kann das so schnell passieren? Mein Gott.«
Mein Vater sprach wieder, und meine Mutter sah mich an und zeigte mit dem Finger auf den Flur, und sie formte mit dem Mund die Worte: »Geh ins Bett.«
Ich würde an diesem Abend nicht mit meinem Vater sprechen können, obwohl ich ihm gerne gesagt hätte, daß ich ihn vermißte, daß wir beide es taten und wünschten, er würde heute abend nach Hause kommen. Aber meine Mutter wollte das nicht, und ich tat, was sie sagte, weil ich nicht spät am Abend noch Streit wollte, während mein Vater am Telefon war und sie betrunken und in einen anderen Mann verliebt.

112

Meine Mutter sprach nicht mehr lange mit meinem Vater. Von meinem Zimmer aus konnte ich manchmal ein Wort hören, das sie sagte, dann senkte sie die Stimme und sprach weiter. Ich hörte nicht, daß sie meinen Namen oder den von Warren Miller sagte oder den Job beim Luftstützpunkt erwähnte, um den sie sich an dem Tag beworben hatte. Ich hörte die Worte »spontan« und »Lüge« und »privat« und »lieb«. Das war alles. Und nach ein paar Minuten hörte ich, wie aufgelegt und eine Schranktür geöffnet wurde und das Geräusch von Glas, das an Glas schlug.

Ich lag schon im Bett, als meine Mutter in mein Zimmer kam. Das Deckenlicht war immer noch an, und ich dachte, sie wollte es für mich ausmachen. Sie hatte ein neues Glas Whisky dabei. Ich hatte sie noch nie soviel trinken sehen wie an diesem Tag und an diesem Abend. Sie war früher keine Trinkerin gewesen.

»Dein Vater sagt seinem einzigen Sohn hallo«, sagte sie und nahm einen Schluck. »Er sagte, er hat gesehen, wie ein Bär Feuer fing. Das ist doch was, oder?« Ich hörte ihr bloß zu. »Er sagte, er wär auf einen Baum geklettert, um zu entkommen, und das Feuer wäre in den Zweigen um ihn herum plötzlich emporgeschossen. Der arme Bär, der in Flammen stand, sprang vom Baum und rannte weg. Das ist was, das man nicht vergißt, was?«

»Hat er gesagt, ob er nach Hause kommt?« fragte ich. Ich dachte, als ich da im Bett lag, daß es vielleicht dort, wo er war, schneien und das Feuer von allein ausgehen würde.

»Er bleibt vielleicht noch 'ne Weile da«, sagte meine Mutter. »Nach den entscheidenden Details hab ich nicht gefragt. Bist du stolz auf ihn? Ist das dein letztes Wort?«

»Ja. Das bin ich«, sagte ich.

»Das ist schön«, sagte sie. »Das möchte er gern. Ich werd dich nicht davon abbringen.«

»Bist du stolz auf ihn?« fragte ich.

»Oh«, sagte meine Mutter. »Erinnerst du dich daran, wie

wir ganz dicht an das Feuer herangekommen sind, als wir da raufgefahren sind? Und du bist ausgestiegen und darauf zugegangen – ich wollte, glaub ich, daß du diese Erfahrung machst. Aber als du zurückkamst, sagte ich dir, daß der ganze Brand nur eine Menge kleiner Brände ist? Und ab und zu schießen sie zusammen und zerstören alles?« Sie steckte den Finger ins Glas und dann in den Mund. »Naja, ich mein, wahrscheinlich denk ich, daß nichts für sich allein so schrecklich wichtig ist«, sagte sie leise.

»Das glaub ich«, sagte ich, obwohl ich nicht glaubte, daß sie meine Frage über meinen Vater beantwortet hatte.

»Es *stimmt*«, sagte meine Mutter und war gereizt. »Ich weiß schon, was richtig ist, Himmel nochmal. Ich bin nur noch nicht in so etwas reingeraten wie jetzt.« Sie holte tief Luft und stieß sie dann schnell wieder aus. Sie starrte aus meinem Fenster in die Nacht hinaus. »Was würdest du denken, wenn ich jemanden umbrächte – wär's dir peinlich?« Sie sah mich an, und ich wußte, daß sie nicht daran dachte, jemanden zu töten.

»Ja«, sagte ich. »Wär es. Ich fänd's nicht gut.«

»Na. Gut dann«, sagte meine Mutter. »Dann ist das schon mal abgehakt. Ich muß mir was anderes überlegen. Was Interessanteres.«

»Bist du stolz auf Dad?« fragte ich. »Du hast darauf nicht geantwortet.«

»Oh«, sagte sie. »Nein. Nicht sehr. Aber das sollte dich nicht stören – weißt du, Liebling? Es ist nicht wichtig, auf wen ich stolz bin. Mich selbst. Ich sollte bloß auf mich stolz sein wollen. Das ist alles. Du mußt dein Vertrauen jetzt in was anderes setzen.« Sie lächelte mich an. »Ich überleg nur gerade, warum ich dachte, ich müßte dich heute abend mitnehmen. Manchmal machen wir merkwürdige Sachen. Ich weiß nicht mehr, wen ich wem zeigen wollte. Dir ist das wahrscheinlich sogar egal. Es bedeutet auch wirklich nicht viel.«

»Ich dachte, du wolltest, daß ich mitkomme«, sagte ich.

»Naja, das stimmt schon. Du hast recht.« Sie lächelte mich wieder an und fuhr sich mit den Fingern durch das Haar.

»Hat Warren dir seine Geschichte von den Gänsen erzählt, die er vom Flugzeug aus gesehen hat?«

»Ja«, sagte ich.

»Ist das nicht eine wunderschöne Geschichte?« sagte meine Mutter. »Es ist natürlich Quatsch. Er denkt sich das bloß aus und erzählt es dann.« Sie machte das Licht aus.

»Aber es ist unterhaltsam«, sagte sie, und dann sagte sie gute Nacht und schloß die Tür hinter sich.

Und ich lag nur noch einen Augenblick wach, bevor ich einschlief, und dachte, daß Warren Miller nicht der Typ war, der sich eine Geschichte ausdachte. Er wirkte wie ein Mann, dem etwas passierte, wie meine Mutter das gesagt hatte, und der etwas Falsches tat und dann versuchte, so zu tun, als wär's kein Fehler, indem er es besser machte, ein Mann, der, wie mein Vater vielleicht gesagt hätte, einen schlechten Charakter hatte. Ich fragte mich, was mein Vater heute abend über mich gesagt hatte, ob er böse auf mich war oder ob ich irgend etwas falsch gemacht hatte und jetzt versuchte, so zu tun, als ob es nicht geschehen wäre. Als ich allmählich in den Schlaf glitt, glaubte ich zu hören, wie meine Mutter eine Telefonnummer wählte. Ich wartete, und ich fühlte, daß Strom durch mich hindurchging, während es weiterklingelte und jemand irgendwo abnahm – Warren Miller, dachte ich, niemand anders. Ich hörte seine Stimme, »Ja«, sagte er, »ja.« Dann war alles still, und ich schlief ein.

Um zwei Uhr in dieser Nacht wurde ich wach. In der Diele hörte ich die Toilette rauschen, und ich konnte hören, wie jemand am Griff herumfummelte, um das Rauschen zu stoppen. Ich horchte auf das Klappern des Metalls auf dem Kasten und auf das Wasser, das durch die Rohre lief, ich kroch aus dem Bett, ging zu meiner Zimmertür und trat hinaus in die dunkle Diele, wo man mich nicht sehen konnte. Und dort wartete ich, bis sich die Badezimmertür öffnete, Licht auf den Boden fiel und Warren Miller herauskam, sich umdrehte und das Licht ausknipste, und dann zum Schlafzimmer meiner Mutter ging. Er war nackt. Im Licht sah ich seine Beine und seine Brust, die ganz behaart war. Ich sah seinen Penis, und als er sich umdrehte, sah ich die Narben hinten an seinen Beinen, wo der Stacheldraht ihn erwischt hatte. Die Haut sah aus, als hätte man mit einer Schrotflinte auf ihn geschossen. Er trug seine Brille, und als er auf das Zimmer meiner Mutter zuging, sah ich, wie er hinkte, daß ein Bein, das rechte, sich nicht streckte und ihn aus diesem Grund zur Seite abknikken ließ, und daß sein anderes Bein, sein gutes, deshalb weiter ausgreifen mußte, was das Hinken noch verschlimmerte. Sein weißer Körper leuchtete in dem dunklen Flur, als er sich von mir entfernte, und ich stand da in meinem T-Shirt und in der Unterhose, als er die Tür zum Zimmer meiner Mutter öffnete – in dem kein Licht brannte –, und hörte ihr Flüstern von drinnen: »Sei jetzt leise. Sei leise.« Dann schloß sich die Tür, und ich hörte ihr Bett unter seinem Gewicht quietschen. Ich hörte meine Mutter seufzen, und ich hörte Warren Miller husten und sich räuspern. Ich fror dort, mit dem Rücken am Dielenschrank. Meine Beine waren kalt und meine Füße und Hände. Aber ich wollte mich nicht von dort wegrühren, weil ich wissen wollte, was noch passierte, und das Gefühl hatte, daß etwas passieren würde.

In ihrem Zimmer hörte ich die leise Stimme meiner Mutter und die von Warren Miller. Ich hörte wieder das Bett quietschen, ein pumpendes Geräusch machen. Ich hörte meine Mutter »O nein« sagen, nicht als wäre sie ganz aufgeregt, sondern als würde ihr etwas nicht gefallen. Das Bett machte noch mehr Geräusche, und ich wußte, daß ich schon andere Geräusche überschlafen hatte und daß ich, als ich glaubte, meine Mutter zu hören, wie sie Warren Miller anrief, genau das gehört hatte.

Dann hörte ich seine nackten Füße auf dem Fußboden, hinkend und hin und her rutschend. Ich hörte, wie sich die Schranktür öffnete und das Geräusch von Bügeln, die auf Metall entlangschlitterten. Ich konnte das Geräusch von Kleidern hören, die aufgenommen wurden, Atemgeräusche und das Scharren eines Schuhs auf dem Fußboden im Schlafzimmer. Und dann öffnete sich die Tür vom Zimmer meiner Mutter noch einmal, und sie und Warren Miller kamen zusammen heraus in die Diele. Er hatte das weiße Hemd und die Hose an, die er früher am Abend bei sich zu Hause getragen hatte, und er hielt seine Stiefel in der Hand. Meine Mutter trug bloß ihren Bademantel und ein Paar Schuhe, die ich hören, aber in der Dunkelheit nicht sehen konnte. Sie sahen nicht in meine Richtung; ich wußte, daß sie nicht an mich dachten oder daran, wo ich jetzt gerade war. Sie gingen einfach durch die Diele – sie hielten sich an der Hand und gingen hintereinander – und in die Küche zur Hintertür. Ich hörte, wie sie sich öffnete, und einen Augenblick lang dachte ich, daß meine Mutter ihn an die Tür brachte, damit er nach Hause gehen konnte. Aber dann schloß sich die Hintertür wieder leise, und draußen schloß sich leise die Fliegentür. Und das Haus war still und leer, bis auf mich, allein in der Diele, und das Geräusch des Wassers, das im Wasserkasten zischte, wo Warren versucht hatte, es zu stoppen, es aber nicht geschafft hatte.

Ich ging zur Hintertür und sah hinaus. Im Mondlicht konnte ich nichts erkennen, bis auf die Ecke der alten Garage am Rande unseres Grundstücks – eine Garage, die wir nicht benutzten – und den Schatten der Birke auf dem Boden neben dem Haus. Ich konnte meine Mutter und Warren Miller nicht sehen. Sie waren weg.

Ich ging wieder in mein Zimmer und sah aus dem Fenster

auf die Straße. Und da konnte ich Warren Miller und meine Mutter sehen. Sie waren auf dem Bürgersteig, gingen nebeneinander und hielten sich nicht mehr an der Hand. Er hatte immer noch seine Stiefel unterm Arm, und sie entfernten sich rasch vom Haus, liefen beinahe, als ob sie froren und irgendein warmes Plätzchen erreichen wollten. Zusammen gingen sie eilig über die dunkle Straße. Sie sahen weder nach rechts noch nach links – meine Mutter lupfte ihren Bademantel, so daß sie größere Schritte machen konnte. Sie schauten sich nicht um und schienen auch nicht miteinander zu sprechen. Aber vom Fenster aus konnte ich sehen, daß sie zu einem Wagen liefen, der auf der anderen Straßenseite parkte. Es war Warren Millers rosa Auto, das allein im Dunkel und in dem Laub stand, das sich dort gesammelt hatte, und nicht zu erkennen war, wenn man nicht wußte, daß es dort war.

Als sie das Auto erreichten, lief meine Mutter zur Beifahrerseite herum und stieg ein. Warren Miller stieg auf der Fahrerseite ein und schloß die Tür hinter sich. Das rote Rücklicht ging sofort an. Ich sah, wie das Innenlicht eingeschaltet wurde, sah sie beide drinnen – meine Mutter, die weit auf der anderen Seite an ihre Tür gelehnt dasaß und Warren Miller hinterm Steuerrad. Plötzlich sprang der Motor an, und weiße Abgase stiegen hinter dem Wagen in die Luft. Ich sah, wie meine Mutter das Gesicht Warren Miller zuwandte, und ich dachte, daß sie etwas über das Licht sagte, weil es dann drinnen ausging und auch die Bremslichter erloschen. Aber der Wagen bewegte sich nicht. Er stand einfach da in der Dunkelheit auf der anderen Straßenseite. Ich stand an meinem Fenster und beobachtete sie, wartete darauf, daß er wegfuhr, daß meine Mutter und Warren Miller dahin fuhren, wo immer sie hinwollten – zu seinem Haus, in ein Motel oder in eine andere Stadt oder irgendwo anders hin, so daß ich weder sie noch ihn jemals wiedersehen würde. Aber das geschah gar nicht. Der Oldsmobile blieb mit laufendem Motor stehen, wo er war, ohne Licht, mit meiner Mutter und ihm da drin. Ich konnte sie im Dunkel nicht erkennen, und ganz allmählich beschlug das Fensterglas, weil sie da drin saßen und atmeten.

Ich blieb am Fenster und beobachtete den Wagen noch einige Minuten. Und nichts geschah, nichts, was ich erkennen konnte, obwohl ich wahrscheinlich dachte, daß ich schon wüßte, was passierte. Genau das eben, was man auch erwartete, nichts Überraschendes. Ein Wagen kam die Eighth Street herunter, ohne abzubremsen, ohne daß der Fahrer etwas zu bemerken schien. Seine Scheinwerfer glitten über die beschlagenen Fenster und ließen die Abgase aufleuchten. Aber ich konnte weder meine Mutter noch Warren Miller im Wagen sehen. Ich überlegte, ob sie in Gefahr waren zu ersticken, weil die Abgase wieder zurück in den Wagen strömten. Davon hatte man schon gelesen. Und ich dachte dann, daß sie wirklich in Gefahr waren. Aber das wußten sie ja, und sie mußten schon selbst für sich sorgen. Wenn sie starben, wo sie waren und weil sie da waren, dann war es ihr Fehler, und ich konnte ihnen nicht helfen. Und nach ein paar Minuten, in denen ich bloß am kalten Fenster stand und den Wagen und seine Abgase beobachtete, zog ich den Vorhang zu und ging wieder durch das Haus, in dem ich allein war.

Von meinem Zimmer aus ging ich in die Diele und von dort ins Badezimmer. Wasser lief noch immer in die Toilette, und ich hob den Deckel des Wasserkastens hoch, langte mit dem nackten Arm ins kalte Wasser, bis ich den glitschigen Gummistopper am Boden spüren konnte. Ich drückte ihn runter, bis das Wasser nicht mehr lief, und mein Arm fühlte sich hart und kalt an. Ich wartete eine Minute, so lang muß es gewesen sein, mit der Hand im Wasser, bis ich sicher sein konnte, daß der Stopper hielt, dann trocknete ich den Arm ab, setzte den Deckel wieder auf und versuchte, darüber nachzudenken, was ich als nächstes tun sollte – ob ich wieder ins Bett gehen und schlafen sollte, oder ob ich in die Küche gehen und bei dem Licht dort lesen oder meine Sachen anziehen und in die Nacht hinausgehen sollte, weg von dort, wo meine Mutter war, in Warren Millers Auto saß und vielleicht nicht zurückkam oder erst nach zwei Tagen zurückkam oder von irgendwo anrief oder nie anrief.

Aber dann ging ich in die Küche, wo die Flasche Whisky meiner Mutter noch immer im Dunkeln auf dem Küchentresen stand, und holte die Taschenlampe unter dem Waschbecken hervor. Ich knipste sie an und ging damit – indem ich in der Diele vor mir herleuchtete – in das Zimmer meiner Mutter, in dem die Vorhänge zugezogen und das Bett völlig zerwühlt war, ein Kissen und ein Teil der Decke lagen auf dem Fußboden. Ein seltsamer Geruch hing in der Luft – der Geruch des Parfums meiner Mutter und ein anderer, der wie Handcreme roch und nicht süßlich war, aber den ich von irgendwoher zu kennen glaubte, ohne daß ich mich daran erinnern konnte. Ich leuchtete mit der Taschenlampe herum – auf die Uhr neben dem Bett, die zur Wand gedreht war, auf die Schranktür, die offen war und aus der die Kleidung meiner Mutter quoll, auf ihr grünes Kleid und die grünen Schuhe und die Strümpfe, die auf dem einzigen Stuhl lagen. Es gab gar nichts Besonderes, das ich finden wollte, oder irgend etwas, von dem ich annahm, daß es ein Geheimnis war. Es war einfach das Zimmer meiner Mutter, mit ihren Sachen, und nichts, was sie jetzt tat, würde irgend etwas darin ändern oder besonders machen.

Keine Spur von meinem Vater war in dem Zimmer zu sehen, das fiel mir auf – es war, als ob er nie dort gewohnt hätte. Seine Golftasche war fort. Die Bilder, die er auf der Kommode stehengelassen hatte, waren weg. Die Lederschachtel, in der er seine Manschettenknöpfe aufbewahrte, war weggeräumt, in irgendeine Schublade gestopft, und die Bücher über Golf und den Golfunterricht, die er besaß, standen nicht mehr auf der Kommode, wo er sie aufgereiht hatte. Nur noch ein gerahmtes Bild von ihm hing an der Wand neben dem Fenster, beinahe verdeckt vom Vorhang. Vielleicht hatte es meine Mutter übersehen. Ich leuchtete mit der Taschenlampe das Glas an. Auf dem Bild trug mein Vater ein Paar helle Hosen und helle Schuhe und ein weißes kurzärmeliges Hemd. Er stand allein auf irgendeinem Golfplatz, hielt einen Schläger in der Hand, blickte den offenen Fairway hinunter und lächelte, bereit, den Ball wegzuschlagen, der vor seinen Füßen lag. Und er war jung auf dem Bild, sein Gesicht sah jung aus, und sein Haar war kurz, und seine Arme waren kräftig. Er sah aus wie ein Mann, der wußte, was er tat. Er konnte den Ball jederzeit, wenn er soweit war, außer Sichtweite schlagen und kontrollierte bloß noch einmal, ob alles so war, wie er es haben wollte. »So mußt du das Spiel spielen«, hatte er gesagt, als er mir – ich war zehn oder zwölf – das Bild zum ersten Mal gezeigt hatte. »Daß man in jedem Augenblick weiß, was man tut. Einen klaren Kopf muß man haben. Du denkst an nichts anderes. Dann geht jeder Ball ins Loch. Nur wenn du eine Menge im Kopf hast, Joe, dann haut es nicht hin. Es ist überhaupt nichts Geheimnisvolles daran.« Es war das Lieblingsbild meines Vaters von sich selbst, aufgenommen, als er und meine Mutter frisch verheiratet waren und sie von mir noch nicht einmal träumten. Als ich mit meiner Taschenlampe das Bild anleuchtete, das glatte lächelnde Gesicht meines Vaters, das von keiner Sorge getrübt war, war ich froh, daß er jetzt nicht hier war und nichts von alledem erfuhr. Ich war froh, daß er dort war, wo er war, und hoffte, daß alles irgendwie vorbei und erledigt war, bevor er wieder nach Hause kam und sein ganzes Leben und meines und auch das meiner Mutter außer Kontrolle geraten und ohne Sinn und Verstand vorfinden konnte.

Ich sah zwischen den zugezogenen Vorhängen aus dem Fenster meiner Mutter und in den Garten. Es waren vielleicht zehn Minuten vergangen, seit ich gesehen hatte, wie sie in ihrem Bademantel und mit Warren Miller, der seine Stiefel in der Hand trug, weggegangen war. In den Häusern an unserer Straße brannte kein Licht, und kein Auto fuhr vorbei. Ich konnte bloß das Heck von Warren Millers Wagen sehen und die Abgase, die immer noch daraus hervorquollen. Ich konnte, dachte ich jedenfalls, die langsamen Umdrehungen des Motors hören. Ich dachte, daß, was immer sie im Zimmer meiner Mutter getan hatten, plötzlich zu schwierig geworden war oder zuviel Lärm gemacht hatte, so daß der Wagen der bessere Ort dafür zu sein schien. Draußen in unserm kleinen Garten war das Gras weiß von Frost und Mondlicht. Die Hängebirke warf einen breiteren und dichteren Schatten auf die Straße. Eine Elster stand ganz allein mitten auf dem Rasen. Sie bewegte sich, hüpfte hierhin und dahin, pickte im Gras, guckte hinter sich, bewegte sich dann wieder. Ich hielt meine Taschenlampe direkt ans Glas, knipste sie an und warf ein trübes Licht auf den Vogel draußen, der still dastand und nicht auf- oder zu mir hinsah, sondern nur geradeaus starrte auf – so schien es mir – gar nichts. Er wußte nicht, daß ich da war. Er konnte das Licht nicht spüren, das auf ihn fiel, konnte nicht erkennen, daß sich irgendwas verändert hatte. Die Elster hockte einfach da, als wartete sie darauf, daß etwas geschah, das ihr einen Grund gab, sich zu bewegen oder aufzufliegen oder bloß in die eine oder andere Richtung zu gucken. Sie hatte aus dem einfachen Grund keine Angst, weil sie überhaupt nicht wußte, wovor sie Angst haben sollte. Ich klopfte mit dem Fingernagel an das kalte Glas – nicht laut, nur laut genug, daß der Vogel es hören konnte. Die Elster wandte den Kopf, so daß ihre roten Augen direkt ins Licht sahen. Und sie breitete einmal ihre Flügel aus, als wollte sie sie nur strecken, legte sie dann wieder an, hüpfte kurz auf mich zu und flog dann plötzlich hoch und direkt ins Licht, auf mich und das Glas zu, als würde sie gleich gegen das Fenster fliegen oder es zerbrechen. Aber sie berührte nichts, sondern flog ins Dunkel und verschwand völlig aus meinem Blickfeld und ließ mich mit klopfendem Herzen und meiner Taschenlampe da stehen, die in den kalten Garten hinausleuchtete, auf nichts.

Ich hörte, wie eine Wagentür zugeworfen wurde. Ich knipste meine Lampe aus und stand neben dem Vorhang, so daß ich immer noch hinausgucken konnte, aber nicht mehr gesehen wurde. Ich hörte keine Stimme, aber dann erschien meine Mutter auf dem Bürgersteig, genauso eilig wie vorher, die Arme vor der Brust verschränkt, ihre Schuhe klappernd auf dem Beton. Sie kam die Einfahrt herauf und war nicht mehr zu sehen. Und als sie nicht mehr zu sehen war, fuhr Warren Millers Wagen in der Dunkelheit langsam und ohne Licht davon. Ich konnte ihn hören, der Auspuff machte ein tiefes, grollendes Geräusch auf der stillen Straße. Ich sah, wie seine Rücklichter rot aufleuchteten, und dann verschwand er.

Ich ging aus dem Zimmer meiner Mutter und durch die dunkle Diele bis zu der Stelle, wo ich gestanden hatte, als sie und Warren Miller vor fünfzehn oder vielleicht dreißig Minuten das Haus verlassen hatten. Ich hatte das Gefühl für die Zeit verloren, obwohl das bei all dem, was passierte, auch nicht wichtig zu sein schien. Ich hörte, wie meine Mutter die Hintertür öffnete. Sie öffnete sie genauso, wie sie es an irgendeinem anderen Tag tat – als ob alles normal wäre. Ich hörte sie in der Küche. Das Deckenlicht ging an. Ich hörte, wie sie Wasser in die Spüle laufen, ein Glas vollaufen ließ, und ich wußte, sie stand in ihrem Bademantel da und trank Wasser – etwas, das jeder in irgendeiner Nacht tun könnte. Ich hörte, wie sie wieder

Wasser laufen ließ, dann wartete, dann das Glas wegstellte und ein paar Schritte machte und die Tür abschloß. Dann ging sie direkt durch die Küche in die Diele, wo ich im Dunkeln wartete, wie ich es schon vorher getan hatte. Aber sie sah mich nicht. Sie schaute nicht einmal in meine Richtung, zu meiner Tür hinüber. Sie ging durch die Diele und ins Badezimmer. Ich konnte sie nur einen kurzen Augenblick sehen. Ihr Bademantel war offen, und ich konnte ihre nackten Knie sehen, als sie ihre Schritte machte. Drinnen knipste sie das Licht an, machte aber die Tür nicht zu. Ich konnte hören, daß sie die Toilette benutzte und dann abzog, hörte Wasser ins Waschbecken laufen und wie sie sich die Hände wusch. Ich wartete dort, außerhalb des Lichtkegels. Ich hatte mir nichts vorgenommen, was ich sagen oder tun wollte. Ich muß geglaubt haben, daß ich etwas sagen würde, wenn sie wieder herauskäme, oder nur »Hallo« oder »Das ist schon in Ordnung... ich hab nichts dagegen« sagen wollte. Oder »Was machst du eigentlich?« Aber ich hatte keines dieser Wörter im Kopf. Ich stand einfach nur da, und plötzlich fiel mir ein, daß sie das noch nicht wußte. Sie wußte nicht, was ich wußte – über Warren Miller und sie, über das, was ich gesehen oder was ich darüber gedacht hatte. Und bis sie das wußte, bis wir darüber gesprochen hatten – sogar wenn sie insgeheim alles wußte und ich auch –, war es eigentlich nicht geschehen, und es mußte deshalb nach diesem Abend auch nicht zwischen uns stehen. Es wäre einfach eine Angelegenheit, die wir ignorieren und schließlich vergessen konnten. Und was ich tun sollte, war zurück in mein Zimmer und ins Bett zu gehen und zu schlafen und, wenn ich aufwachte, zu versuchen, an etwas anderes zu denken.

Aber meine Mutter kam aus dem Badezimmer, bevor ich mich bewegen konnte. Wieder sah sie nicht in meine Richtung. Sie ging zu ihrem Schlafzimmer, wo ich vor fünf Minuten noch gewesen war. Aber plötzlich drehte sie sich

noch einmal um, weil sie das Licht im Badezimmer angelassen hatte und es, wie ich annahm, ausmachen wollte.
Und da sah sie mich dann, wie ich im Dunkeln in meiner
Unterwäsche dastand und sie beobachtete wie ein Einbrecher, der eingestiegen war, um etwas zu stehlen, und ge-
schnappt worden war.

»Oh, verdammt noch mal«, sagte meine Mutter, bevor ich
ein Wort sagen oder mich rühren konnte. Sie kam durch
die Diele auf mich zu und schlug mir mit der flachen Hand
ins Gesicht. Und dann schlug sie mich noch einmal mit der
anderen Hand. »Du machst mich wütend«, sagte sie.

»Ich wollte das nicht«, sagte ich. »Es tut mir leid.« Ich versuchte nicht, mich zu rühren oder meine Hand zu heben
oder sonst irgendwas zu tun. Ihr Bademantel war vorne offen, und darunter war sie nackt. Ich konnte ihren Bauch
sehen und all das. Ich hatte meine Mutter schon vorher
nackt gesehen, aber dieses Mal war es etwas anderes, und
ich wünschte, daß sie ihre Kleider angehabt hätte.

»Ich wollte, ich wär tot«, sagte sie, und sie drehte sich um
und ging zurück durch die Diele zu ihrem Zimmer. Sie
weinte nicht. Und sie versuchte nicht, ihren Bademantel
zu schließen. Als sie ins Licht trat, das aus dem Badezimmer fiel, drehte sie sich um und sah mich an. Ihr Gesicht
war zornig. Ihr Mund wirkte groß, und ihre Augen waren
weit offen. Ihre Hände waren zu Fäusten geballt, und ich
dachte, daß sie vielleicht überlegte, durch die Diele zu-
rückzukommen und mich noch einmal zu schlagen. Nichts
schien unmöglich. »Du willst wahrscheinlich weg, oder?
Also, ganz gleich«, sagte sie. »Geh nur. Genauso passiert
immer alles. Leute tun irgendwas. Es gibt keinen Plan.
Was kommt als nächstes? Wer weiß?« Sie hob die Hände,
die Handflächen nach oben, wie ich es schon bei anderen
Menschen gesehen hatte. »Wenn du einen Plan für mich
hast, erzähl's mir. Ich versuch's zu tun. Vielleicht ist es ja
besser als das hier.«

»Ich hab keinen«, sagte ich. Wo sie mich geschlagen hatte, begann mein Gesicht zu pochen. Es hatte zuerst nicht wehgetan, aber jetzt schmerzte es. Ich überlegte, ob sie mich das zweite Mal nicht mit der Faust geschlagen hatte – vielleicht aus Versehen –, weil mein Auge weh tat. »Ist mir auch egal«, sagte ich. Ich stand an die Wand gepreßt da und sagte nichts mehr. Ich konnte meinen eigenen Atem spüren, meinen Herzschlag, meine Hände, die kalt wurden. Ich muß Angst gehabt haben, aber ich wußte es nicht.

»Ein Mann wie er kann gut aussehen«, sagte meine Mutter. »Davon verstehst du nichts. Du kennst gar nichts bis auf das hier. Ich sollte wohl etwas diskreter sein. Dieses Haus ist zu klein.« Sie drehte sich wieder um und ging durch die Diele und in ihr Zimmer. Sie machte das Licht nicht an. Ich hörte ihre Schuhe auf den Fußboden poltern, hörte ihr Bett quietschen, als sie sich hineinlegte, und das Geräusch ihres Bettzeugs, das sie ausbreitete, um sich zuzudecken. Sie wollte jetzt schlafen. Sie muß gedacht haben, daß sie doch nichts anderes tun konnte. Keiner von uns hatte einen Plan. »Dein Vater will immer, daß alles besser wird«, hörte ich sie aus dem Dunkel sagen. »Vielleicht komme ich da nicht ganz mit. Du kannst ihm alles über das hier erzählen. Was macht das schon noch?«

Ich wollte irgend etwas erwidern, auch wenn sie gar nicht mit mir redete, sondern nur mit sich selber oder mit überhaupt niemandem sprach. Ich dachte nicht daran, meinem Vater davon zu erzählen, und das wollte ich ihr sagen. Aber ich wollte nicht das letzte Wort haben. Weil meine Mutter, wenn ich überhaupt irgend etwas sagte, still bleiben würde, als hätte sie mich nicht gehört, und ich hatte dann nur meine eigenen Worte – was immer sie wären –, um damit zu leben, vielleicht für immer. Und es gibt Worte, wichtige Worte, die man nicht sagen will, Worte, die ein Leben zerstören, Worte, die etwas Zerstörtes wieder heilzumachen versuchen, das nicht zerstört sein sollte und auch niemand zerstören wollte und das Worte sowieso nicht mehr heilmachen können. Meinem Vater von all dem, was ich gesehen hatte, zu erzählen oder meiner Mutter zu sagen, daß sie sich darauf verlassen konnte, daß ich nichts sagen würde, waren solche Worte – besser, sie ungesagt zu lassen, weil sie in diesem Zusammenhang einfach nutzlos waren.

Ich ging zurück in mein dunkles Zimmer und setzte mich aufs Bett. Ich konnte immer noch fühlen, wie mein Herz schlug. Ich fror, nur in meiner Unterwäsche, meine Füße waren kalt auf dem Fußboden, meine Hände kalt vor Nervosität. Vor dem Fenster war immer noch helles Mondlicht, und ich wußte, daß der nächste Tag kälter sein würde und daß der Winter vielleicht schon kam, bevor es überhaupt richtig Herbst geworden war. Und ich fühlte mich wie ein Spion – hohl und kraftlos, unfähig, irgend etwas zu bewegen. Und einen Augenblick wünschte ich auch, tot zu sein, ja, daß wir alle drei es wären. Ich dachte daran, wie klein meine Mutter draußen in der Diele gewirkt hatte, mit ihrem Körper, auf den das Licht fiel, daß sie nicht stark oder überzeugend gewesen war und das auch selbst gespürt haben mußte und daß wir in diesem Augenblick das gleiche fühlten, die gleiche Zukunft sahen, allein in unseren Zimmern und unseren Betten. Ich versuchte, mich selbst davon zu überzeugen, daß das vielleicht half, aber so ganz gelang mir das nicht. Dann fuhr ein Wagen unsere Straße hinunter, und als er unser Haus erreichte, hupte er – zweimal kurz und dann sehr lang. Ich sprang zum Fenster und sah hinaus. Ich dachte, daß es Warren Miller wäre – ich dachte nicht, daß es ein anderer war. Er wollte wiederkommen, oder er wollte, daß sie zu ihm kam, oder er wollte bloß, daß sie wußte, daß er da draußen in seinem Auto war, in der Dunkelheit, in Great Falls herumfuhr und in einer Art von Panik an sie dachte. Die Hupe änderte ihren Klang, je weiter sich der Wagen entfernte. Ich hatte ihn nicht gesehen, wußte nicht, ob es Warren Millers Oldsmobile war oder jemand anderes, der uns gar nicht kannte. Ich sah die Rücklichter, und das war alles, hörte, wie das Hupen abbrach. Dann ging ich ins Bett und versuchte, mich zu beruhigen. Ich hörte der Nacht in unserem Haus zu. Ich glaubte, die nackten Füße meiner Mutter auf dem Fußboden zu hören, glaubte zu hören, wie sich ihre Tür auf der anderen Seite der Diele schloß. Aber ich war mir nicht sicher. Und dann schlief ich ein.

Am nächsten Morgen war es kalt, wie ich es erwartet hatte. Ich stellte das Radio an und hörte den Wetterbericht, in dem es hieß, daß noch im Laufe des Tages Wind aus Südwesten aufkommen und es klar bleiben würde, obwohl am Fuß der Rocky Mountains mit Schnee gerechnet wurde, der den Mannschaften, die den Allen-Creek-Brand bekämpften, Hilfe versprach.

Ich konnte meine Mutter in der Küche hören. Sie trug Schuhe, die auf dem Linoleum schabten, und ich wußte, daß sie gleich aus dem Haus gehen würde. Zum Luftstützpunkt, dachte ich, oder zum Getreidesilo oder zu Warren Millers Haus. Noch immer schien alles möglich zu sein. Aus irgendeinem Grund dachte ich, daß ich von zu Hause weggehen würde. Ich hatte nichts, wohin ich hätte gehen können oder wo ich überhaupt hin wollte, aber mir wurde klar, daß ich mit dem Gedanken »Und was mache ich jetzt?« aufgewacht war. Und das erschien mir wie ein Gedanke, der einem kommt, bevor man einen Ort verläßt, sogar wenn es ein Ort war, an dem man immer gelebt hatte, oder wenn es um Menschen ging, mit denen man immer zusammengelebt hatte.

Meine Mutter saß am Küchentisch, als ich mich angezogen hatte und aus meinem Zimmer kam. Sie aß Toast und Rühreier und trank Kaffee. Sie sah erschöpft aus, obwohl sie sich hübsch angezogen hatte – eine weiße Bluse mit einer weißen Schleife bis zum Hals und einen braunen Rock und Stöckelschuhe. Sie sah mich an, dann auf die Uhr am Herd, die auf viertel nach zehn zeigte, aß dann ihr Frühstück weiter.

»Trink 'nen Schluck Kaffee, Joe«, sagte sie. »Nimm dir eine Tasse. Dann bist du gleich wieder wie neu.«

Ich holte mir eine Tasse und goß mir etwas Kaffee aus der Kanne ein. Mein Wangenknochen schmerzte, wo sie mich geschlagen hatte, aber ich konnte keinen blauen Fleck erkennen. Ich setzte mich ihr gegenüber. Ich glaubte nicht, daß sie über den vorigen Abend reden würde, und ich wollte das Gespräch nicht darauf bringen. Es war mir sowieso alles hinreichend klar.

»Was willst du jetzt machen?« sagte sie. Sie wirkte sehr ruhig, als ob sie etwas, das sie sehr gequält hatte, nun hinter sich hätte.

»Ich geh heute nicht zur Schule«, sagte ich.

»Gut«, sagte sie. »Das hab ich auch nicht erwartet. Das versteh ich.«

»Was willst du tun?« Ich trank einen Schluck schwarzen Kaffee. Ich hatte noch nicht viel Kaffee getrunken, und er war mir zu heiß und schmeckte nach nichts.

»Ich fahr zu diesen Helen-Apartments und miete 'ne Wohnung«, sagte sie. »Mit zwei Schlafzimmern. Du kannst da gern mit mir wohnen.«

»In Ordnung«, sagte ich. Ich glaubte nicht, daß sie mich wirklich dabei haben wollte, wenn auch nicht, weil sie mich nicht liebte. Es war nur nicht gerade das, was ihr an diesem Morgen als erstes in den Kopf kam.

Ich saß am Tisch und versuchte, auf etwas zu kommen, das ich zu ihr sagen konnte, etwas, über das wir miteinander reden konnten, irgend etwas Normales über die Zukunft oder bloß über diesen Tag, aber es schien einfach nichts zu geben. Sie sah aus dem Fenster in den Garten, wo der

Himmel zu sehen war – blau und ganz wolkenlos –, dann trank sie noch ein bißchen Kaffee, nahm ihre Gabel und legte sie auf den Teller.

»Kann ich dir was sagen?« sagte sie und setzte sich etwas aufrechter hin.

»Ja«, sagte ich.

»Du wirst in deinem Leben sehr oft morgens aufwachen und niemanden haben, der dir sagen wird, wie du dich fühlen sollst«, sagte sie sehr langsam. »Du wirst das selbst wissen müssen. Aber dieses eine Mal laß mich dir noch sagen, wie du dich fühlen sollst, ja? Ich werd es dann nicht mehr tun. Das versprech ich dir.«

»Okay«, sagte ich. Und ich war auch bereit, auf sie zu hören. Es war genau das, was ich in diesem Augenblick einfach nicht wußte, und ich war froh, daß sie es zu wissen glaubte.

Meine Mutter legte die Fingerspitzen an den Rand des Tellers, wo nur noch ein paar Krümel und ihre mattsilberne Gabel lagen. Sie sah mich an und schürzte die Lippen.

»Ich hab noch nicht den Verstand verloren«, sagte sie. Dann wandte sie den Blick ab, als ob sie ihren Worten nachhing und darüber nachdachte, was sie als nächstes sagen wollte. »Du solltest nicht denken, daß Leute, die etwas tun, das dir nicht gefällt, gleich verrückt sind. Denn meistens sind sie es nicht. Es ist nur so, daß du daran nicht teilhaben kannst. Das ist alles. Und vielleicht möchtest du daran teilhaben.« Sie lächelte mich an und nickte, als wollte sie, daß ich ihr zustimmte.

»In Ordnung«, sagte ich. »Das versteh ich«, und das tat ich.

»Ich weiß, daß du dieses Gespräch mit mir nicht willst«, sagte sie. »Es tut mir leid. Ich mach dir keinen Vorwurf. Aber ich leb immer noch. Ich bin nicht tot. Daran mußt du dich gewöhnen. Man muß für alles geradestehen. Das müssen wir alle.«

»Siehst du Warren Miller heute?« fragte ich.

Und ich wünschte, ich hätte diese Frage nicht gestellt, weil mir die Antwort darauf gar nichts bedeutete und sie Wichtigeres im Kopf zu haben schien, denn sie sagte: »Himmel Herrgott.« Sie stand auf, trug ihren Teller zur Spüle und ließ Wasser darüberlaufen. »Der Himmel stürzt ein«, sagte sie. Sie beugte sich zur Seite und sah aus dem Fenster auf den Morgenhimmel. »Das denkst du doch, oder?« Sie wandte mir den Rücken zu.

»Nein«, sagte ich.

»Ich könnte's nicht ertragen, noch mal jung zu sein«, sagte sie. »Ich würde vom Jungbrunnen wegrennen, das schwör ich dir. Ja, ich werd Warren treffen. Oder ich nehm's jedenfalls an. Ich weiß es nicht. Reicht das? Wahrscheinlich nicht.«

»Liebst du ihn?« sagte ich.

»Ja«, sagte meine Mutter. »Und wenn du dich fragst, wie das alles so schnell gehen kann, nun, so ist es eben. Also. Vielleicht ist es ganz schnell wieder vorbei.«

Ich wollte fragen, ob sie meinen Vater liebte und ob es möglich war, zwei Menschen gleichzeitig zu lieben. Aber ich glaubte schon zu wissen, was ihre Antwort wäre; sie lautete in beiden Fällen: Ja. Und ich dachte, daß sie wahrscheinlich recht hatte, und ich wünschte, daß sie oder ich noch etwas anderes sagen könnten, einfach damit dieser Augenblick erträglicher wurde oder dem Leben ähnlicher, das wir vorher geführt hatten.

»Es ist nicht so, daß man zu einem anderen nicht nein sagen könnte oder jemand einfach zu gut aussieht«, sagte meine Mutter. Sie sah immer noch aus dem Fenster. »Du kannst zu dir selbst nicht nein sagen. Es ist ein Mangel in dir selber. Nicht bei dem anderen. Das ist mir sehr klar.«

Sie warf mir einen Blick über die Schulter zu, bloß um zu sehen, was ich für ein Gesicht machte oder ob ich gerade etwas sagen wollte oder wollte, daß sie etwas anderes sagte. Aber ich muß so ausgesehen haben, als ob ich über das alles gar nicht nachdachte, weil sie mich anlächelte und dann wieder aus dem Fenster sah, so als warteten wir beide darauf, daß etwas passierte. Und im Rückblick nehme ich an, daß das auch so war. Wir warteten darauf, daß mein Vater wiederkam und das Feuer unter Kontrolle war und unser Leben so wurde, wie immer es von da an sein würde – anders und vielleicht besser oder auch schlechter.

»Sei lieb zu mir«, sagte meine Mutter. »Kannst du lieb zu mir sein? Ich weiß, daß dann alles besser ist. Du kannst Schlechtes denken, aber bitte sag es nicht.«

»Ja, das werd ich«, sagte ich.

Sie drehte sich um, als ob sie zurück in ihr Schlafzimmer gehen wollte. Aber sie streckte den Arm nach mir aus, als sie vorbeiging, und tätschelte mir die Schulter. Sie sagte: »Du bist ein lieber Junge. Du bist wie dein Vater.« Sie ließ mich allein in der Küche und ging in ihr Zimmer, um sich zum Ausgehen fertig zu machen. Ich wollte sie immer noch fragen, ob sie meinen Vater liebte. Ich dachte, es würde mir leichter fallen, lieb zu ihr zu sein, wenn ich das wußte. Aber als ich da allein am Küchentisch saß, hatte ich nicht das Gefühl, ihr das einfach zurufen zu können, und ich wollte nicht schon wieder in ihr Zimmer gehen. Und so mußte ich mich damit zufriedengeben, es nicht zu wissen, weil wir auch später nicht wieder über dieses Thema gesprochen haben.

Nach ein paar Minuten kam sie auf ihrem Weg nach draußen noch einmal durch die Küche. Sie hatte das Haar gebürstet und Lippenstift aufgelegt und sich parfümiert. Sie trug einen roten Wintermantel und hatte ihre Handtasche gefunden und die Autoschlüssel, die ich am Abend zuvor neben die Tür gehängt hatte. Sie kam zu mir, während ich noch immer am Küchentisch saß und die Schlagzeilen auf der ersten Seite der *Tribune* anstarrte, ohne sie wirklich zu lesen, und sie legte mir die Arme um den Hals und um-

133

armte mich fest und kurz. Ich konnte das Parfüm an ihrem Hals riechen. Ihr Gesicht fühlte sich an meinem Gesicht hart an, und sie hatte an diesem Morgen eine Zigarette geraucht. Sie sagte:»Dein Leben besteht nicht aus dem, was du hast, Liebling, oder was du bekommst. Es besteht aus dem, was du aufzugeben bereit bist. Das ist ein altes Sprichwort, ich weiß. Aber es ist immer noch wahr. Du mußt etwas haben, was du aufgeben kannst. Okay?«
»Was ist, wenn man überhaupt nichts aufgeben will?« sagte ich.
»Oh, na ja. Dann viel Glück. Man muß es nämlich.« Sie lächelte und küßte mich noch einmal.»Das ist nicht bloß eine Möglichkeit unter anderen. Man muß etwas aufgeben. Das ist die Regel. Es ist die entscheidende Regel für alles.«
Sie ging aus der Hintertür und durch den alten Garten und dem entgegen, was immer der Tag noch für sie bereithalten mochte.

Als sie schon eine Weile fort war und ich die Zeitung zu Ende gelesen hatte, ging ich wieder in mein Zimmer und ins Bett und versuchte, mein Buch übers Speerwerfen zu lesen, schaute mir die Zeichnungen von muskulösen Männern in allen Stadien des Wurfes an, aber ich konnte mich nicht darauf konzentrieren. Und dann dachte ich, ich sollte wieder schlafen, weil ich, wenn ich erwachte, darüber nachdenken mußte, was ich tun sollte. Ich glaubte, daß ich an diesem Tag die Stadt verlassen würde und daß meine Mutter und ich uns eigentlich gerade voneinander verabschiedet hatten, ohne es eigentlich gewußt zu haben. Obwohl ich nichts überstürzen wollte, weil ich nicht wußte, wo ich hingehen oder wie ich irgendwo hinkommen sollte oder ob ich dann jemals wieder zurückkommen würde. Und das kam mir selbst schon wie ein Verlust vor – nicht das Weggehen, sondern entscheiden zu müssen, wo ich hinwollte und wie ich da hinkam und was mich das alles kosten würde. Diese Details waren der Verlust. Und ich glaubte zu wissen, was meine Mutter gemeint hatte, als sie davon sprach, daß man etwas aufgeben mußte, und dachte, daß sie recht hatte. Und während ich in meinem Bett spät an diesem Morgen wieder einschlief, dachte ich über den Verlust nach und wie ich allein damit fertig werden konnte und was ich bereit war zu verlieren.

Als ich wieder erwachte, war es drei Uhr. Ich hatte fünf Stunden geschlafen und die ganze Schule an dem Tag verpaßt. Ich hatte das Gefühl, daß ich vielleicht gar nicht mehr zur Schule und auch nicht aufs College gehen würde. Ich konnte mir nicht vorstellen, wie das gehen sollte, aber ich hatte dieses Gefühl und war nicht einmal überrascht darüber. Und ich hatte das Gefühl, daß der beste Teil meines Lebens jetzt vielleicht vorbei war und etwas anderes begann. Ich war beinahe siebzehn.
Ich duschte und zog mir frische Sachen an. Im Haus war es kalt, und ich ging in die Küche, drehte die Heizung auf und suchte nach irgendeinem Zeichen dafür, daß meine Mutter noch einmal im Haus gewesen war. Ihr Teller lag noch immer in der Spüle, und ihre Kaffeetasse stand auf dem Küchentresen wie zuvor. Als ich aus dem Fenster in den Garten sah, saßen überall Blackbirds mit ihren roten Flecken an den Flügeln im Gras. Der Wagen meiner Mutter stand nicht vorm Haus, aber an der Eighth Street, weiter weg als er am vorigen Abend gestanden hatte, und beinahe versteckt hinter unserer Hecke, parkte Warren Millers rosa Oldsmobile am Kantstein. Niemand saß darin. Doch gerade, als ich hinaussah, kam Warren Miller hinkend hinter der Hecke hervor und den Bürgersteig hoch, bis zu unserem Haus, ging durch die Pforte und den Weg hoch – so als wollte er geradewegs ins Haus kommen, als wartete meine Mutter hier auf ihn.

Ich trat neben die Tür, reckte den Arm bis zum Schlüssel und drehte ihn im Schloß. Ich konnte Warren Millers schwere Schritte auf der Veranda hören, als er an die Tür kam. In der Küche brannte das Deckenlicht, und ich wußte, daß er es sehen konnte und denken mußte, daß jemand da war. Aber ich rührte mich nicht, obwohl mein Herz schneller zu klopfen begann. Ich blieb stehen, das Gesicht an die Wand gepreßt, während Warren an der Tür klingelte, noch mal klingelte und wartete. Ich konnte ihn nur zum Teil durchs Fenster sehen, die Vorderseite seines Mantels. Ich hörte seine Füße scharren, Kleingeld in seinen Taschen klimpern. Er nahm eine Münze aus der Tasche, klopfte damit ans Glas und sagte: »Jenny, Schatz, bist du da? Bist du da drinnen?« Er wartete ein paar Sekunden, drehte dann am Türknopf, um einzutreten, aber das Schloß stoppte ihn. Er drückte zweimal und zog – nicht hart, aber fest. Ich war nicht mehr als dreißig Zentimeter von ihm entfernt, aber die Wand war zwischen uns. Ich hörte, wie er »Mein Gott, mein Gott« sagte. Dann verließ er die Veranda.

Ich konnte ihn einen Moment durchs Fenster sehen. Er ging um die Ecke an der Stirnseite unseres Hauses entlang. Ich drehte mich um, lief in Socken zurück durch die Küche und verschloß die Hintertür, bevor er hereinkommen konnte. Dann ging ich wieder in die Diele, genau bis zu der Stelle, an der ich ihn die Nacht zuvor gesehen hatte, ohne daß er mich bemerkt hatte. Ich hörte, wie er mit seiner Münze ans Glas klopfte, dann den Türknopf probierte, dann ans Küchenfenster ging und es dort versuchte und merkte, daß es auch verschlossen war. Ich hörte ihn noch einmal den Namen meiner Mutter rufen. Nicht wütend, aber eindringlich, als ob er wußte, daß ich da drin war, mich vor ihm in meinem eigenen Haus versteckte und ihn nicht hereinlassen wollte. Ich blieb in der Diele und lauschte, während die Heizung ansprang und wieder ausging, hörte, wie er ans Fenster meiner Mutter kam und es dort versuchte, schließlich mein Fenster versuchte. Aber beide waren geschlossen. Er klopfte an mein Fenster. Ich wußte, daß er sehen konnte, daß mein Bett nicht gemacht war, ein Handtuch aus dem Badezimmer auf dem Fußboden lag und meine Schuhe dort standen. Ich wußte, daß er wußte, daß ich da war, und deshalb konnte er vielleicht einfach das Glas einschlagen und hereinkommen. Aber das tat er nicht. Er versuchte es noch einmal an meinem Fenster, klopfte daran, dann war es still, soweit ich es von der halbdunklen Diele aus hören konnte. Ich stand da und lauschte, versuchte, seinen hinkenden Gang zu hören. Aber das konnte ich nicht, glaubte allerdings eine Minute später, seinen Wagen unten an der Straße anfahren zu hören, hörte den Motor aufheulen, wie aus Versehen. Dann hörte ich nichts mehr, kein Fahrgeräusch, keine Laute an der Tür, keine hinkenden Schritte. Und ich dachte, daß er endlich weggegangen war.

Ich ging durch die Diele und blickte in das Zimmer meiner Mutter, in das ich nicht hatte hineingehen wollen. Das Bett war gemacht. Auf dem Boden lagen ein Kissen und Kleider, die aus dem Schrank gezogen worden waren, und die Vorhänge waren zu, so daß das Zimmer schattig und kühl war. Die Uhr zeigte auf viertel vor vier. Ich ging in das Zimmer und machte das Deckenlicht an. Und auf dem Boden am Fußende des Bettes sah ich ein Paar Socken, graurote Nylonsocken, die fast ganz umgestülpt waren und – so dachte ich – vielleicht vom Bett aus dahin geworfen waren. Ich ging hin und hob sie auf, suchte dann den Fußboden ab, um zu sehen, was vielleicht sonst noch da lag. Ich guckte unters Kissen und unters Bett, entdeckte aber sonst nichts – nichts, was Warren Miller würde wiederhaben oder meine Mutter würde verstecken wollen. Ich nahm die Socken mit in die Küche und wickelte sie in die Zeitung ein, die auf dem Tisch lag. Dann steckte ich das Bündel in den

Abfall unter der Spüle, trug die Papiertüte mit dem Müll hinters Haus zur Mülltonne, warf sie hinein und ging wieder ins Haus, um mir meine Jacke anzuziehen, damit ich in die Stadt gehen konnte.

Und dann machte ich mich auf den Weg nach Great Falls hinein.

Es war spät am Nachmittag, und ich wußte, daß es nicht mehr lange hell sein und kalt werden würde, sobald es dunkel war, und daß ich dann nicht mehr draußen sein wollte, sondern irgendwo anders: in einem Bus, der von hier wegfuhr, oder in einem Hotelzimmer in einer anderen Stadt oder zu Hause mit meiner Mutter, um darauf zu warten, was als nächstes mit uns passierte. Ich hatte keine Ahnung, was das sein mochte.

Great Falls war eine Stadt, in der ich mich nicht besonders gut auskannte, so daß ich zunächst zu meiner Schule an der Second Street ging, in der Leute waren und Licht brannte, obwohl der Unterricht für den Tag vorüber war. Jungen liefen auf der Aschenbahn am südlichen Ende des Gebäudes herum, und die Footballspieler der Schulmannschaft hatten sich in ihren weißen Trainingstrikots auf dem langen Spielfeld verteilt und gingen in dem eisigen Wind ihre Übungen durch. Ich wartete und schaute ihnen zu, horchte auf das Klatschen und das Aufeinanderprallen der Schulterpolster und ihre Stimmen, bis mir einfiel, daß man mich auf dem Bürgersteig am Rande des Rasens bemerken könnte. Jemand würde sich daran erinnern, daß ich eine Weile gespielt und dann aufgehört hatte. Und ich wollte nicht darüber nachdenken, was andere dachten. Und so ging ich die ganze Second Avenue North hinunter bis zum Park am Fluß, dann am Fluß entlang, an den Tennisplätzen und Schießscheiben der Bogenschützen vorbei bis zur Fifteenth-Street-Brücke und auf den Fußgängerüberweg, wo ich das Taschenmesser nahm, das mir Warren Miller gegeben hatte – vor zwei Tagen, obwohl es mir wie ein Monat vorkam – und es über das Geländer fallen ließ, dahin, wo ich es im flachen Wasser nicht mehr aufschlagen sehen konnte.

Von der Brücke aus konnte ich die silbernen Tanks der Ölraffinerie und die Lichtmasten am Baseballfeld sehen, wo das Great-Falls-Team spielte. Ich konnte den Rummelplatz sehen, den Schmelzofen, den Hot-Rod-Kurs* von Black Eagle und die drei weißen Getreidesilos, die Warren Miller gehörten oder an denen er zumindest beteiligt war und in denen meine Mutter, wie sie sagte, arbeiten wollte oder schon gearbeitet hatte oder bald arbeiten würde, wenn das Ganze überhaupt stimmte. Und dahinter lag die offene Prärie, flach und baumlos, so weit ich sehen konnte, bis ganz nach Minneapolis und St. Paul, wie mein Vater mir erzählt hatte.

Unter der Brücke angelten zwei Männer, zwei große Neger, die auf den trockenen Lehmbänken standen und Blinker in die Strömung warfen. Zwei junge weiße Frauen saßen im Gras auf einer Decke, schauten ihnen zu, redeten und lachten. Die Frauen trugen Hosen. Keiner von ihnen fing einen Fisch, und mir schien es auch kein guter Tag zum Angeln zu sein. Die Männer waren vom Luftstützpunkt, dachte ich, und hatten heute einen freien Tag. Ich bezweifelte, daß sie sich wirklich für die Fische interessierten. Sie interessierten sich für die Mädchen, die ich für Mädchen aus der Stadt oder von der Air Force oder für Krankenschwestern aus dem Hospital oder Kellnerinnen hielt, die sich zusammen ihren freien Tag genommen hatten und ihn auf diese Weise verbrachten, mit diesen Männern. Sie schienen ihren Spaß zu haben.

Ich ging wieder die Fifteenth Street hoch, unter den Bäumen entlang, die sie säumten, den ganzen Weg zur Tenth

* Autorennen mit umgebauten Serienwagen. A. d. Ü.

Avenue South, wandte mich nach Osten und entfernte mich von der Stadt. Ich dachte, daß ich bis zum Zaun des Luftstützpunktes gehen und zuschauen wollte, wie die Bomber starteten, um zur DEW-Linie* oder zum Pazifik zu fliegen – oder wo immer sie hinflogen. Das hatte ich im vorigen Frühling immer mit meinem Vater gemacht, nach der Arbeit, als die großen Flugzeuge nur beleuchtete Schatten gewesen waren, die vor ihrem gewaltigen Lärm davonschossen und in die Sterne und die Nacht verschwanden.

Jetzt schien eine Zeit zu sein – zum ersten Mal in meinem Leben –, da ich genau wissen mußte, was ich tun sollte, und ich wollte von allen Möglichkeiten, die ich hatte, die richtige wählen und dann diese Richtung einschlagen. So begann ich meine Gedanken zu ordnen, als ich auf der geschäftigen Straße an den Striplokalen in der Nähe des Luftstützpunktes, an den Autohändlern und den Motels vorbeiging, die bereits die Winterpreise ausgehängt hatten. Bald würde meine Mutter Warren Miller heiraten; wir würden in einem anderen Haus in Great Falls wohnen, und mein Vater würde vermutlich in eine andere Stadt ziehen, vielleicht zurück nach Lewiston. Ich verstand, warum sie Warren mochte: weil er sich auskannte. Er wußte mehr als mein Vater, und er war älter. Ich überlegte, ob es schon vorher andere Männer im Leben meiner Mutter gegeben hatte oder andere Frauen in dem meines Vaters, Menschen, von denen ich nichts wußte. Aber ich entschied, daß das nicht so war, weil ich es sonst gewußt hätte – denn ich war ja die ganze Zeit dabeigewesen, mit ihnen zusammen. Und dann überlegte ich, was passieren würde, wenn mein Vater einen Unfall hatte oder sein Gedächtnis verlor oder nie wieder nach Hause kam. Wie würde das sein?

* Distant-Early-Warning-Linie. Die Grenze des amerikanischen Radarwarnsystems. A.d.Ü.

Oder wenn meine Mutter heute nicht nach Hause kam und ich sie nie wiedersah. Würde dann irgend jemand irgend etwas verstehen?

Als ich die Thirty-eighth Street erreichte, ging ich auf die andere Straßenseite und an den Bars vorbei. Autos parkten davor, und Männer und Frauen stiegen aus, um hineinzugehen und etwas zu trinken. Hinter den Bars lagen Schuppen, dann folgten kleine neue Reihenhäuser an neuen Straßen, und dahinter war ein leeres Drive-In-Kino, waren Bahngleise, und dann hörte die Stadt auf, und die Winterweizenfelder fingen an.

Also, fragte ich mich, waren meine Mutter und mein Vater jetzt getrennt? War es das, was dies alles bedeutete? Mein Vater verläßt das Haus. Meine Mutter bekommt Besuch von einem anderen Mann. Ich wußte, daß man die Wörter kennen und trotzdem unfähig sein konnte, sie mit dem Leben in Übereinstimmung zu bringen. Aber in der Lage zu sein, das richtig zu machen, sagte etwas über einen aus. Und ich wußte nicht, ob mein Urteilsvermögen gut genug war, und ich wußte auch nicht genau, was gut oder schlecht war. Obwohl es Zeiten geben mußte, dachte ich, in denen man das Richtige nicht *wissen* konnte, genau wie es Zeiten gab, in denen man es nicht tun konnte. »Limbo«, das war das Wort, das meine Mutter gebraucht hatte, und genau da war ich jetzt – mitten in den Sorgen anderer Menschen, und nur meine eigenen Sorgen konnten mir zeigen, was ich tun sollte.

Ich war bis zum Zaun des Luftstützpunktes gegangen, auf die andere Seite der Tenth Avenue. Dahinter lagen Wohnungen und der Golfplatz, auf dem mein Vater Unterricht gegeben hatte, und dann der breite Landestreifen, der Kontrollturm und die flachen, niedrigen Gebäude des Stützpunktes. Im Osten verblaßte das Licht am Himmel. Ein Jet hob gerade ab, als ich zuschaute, und der Tag wirkte grau und abgeschlossen. In einer Stunde würde

Dunkelheit herrschen, es würde viel kälter sein, und ich würde zu Hause sein wollen.

An der Straßenseite, die zur Stadt lag, war eine Bar, die »Mermaid« hieß, und davor parkten Autos, und auf dem Dach war ein Neonschild, auf dem eine grüne Meerjungfrau im trüben Nachmittagslicht leuchtete. Es war ein Lokal, in das die Leute von der Air Force gingen, und mein Vater hatte mich an den Tagen, an denen er am Luftstützpunkt Golf unterrichtet hatte, dort mit hingenommen. Ich wußte, wie es jetzt da drin aussah, welche Farbe das Licht hatte, wie die Luft roch, kannte die Stimmen der Air-Force-Männer – tief und leise, als wüßten sie lauter Geheimnisse. Als ich an der Bar vorbeiging, fuhr ein schwarzer Mercury vor und hielt, und die beiden Neger, die ich vor einer Stunde beim Angeln gesehen hatte, saßen drin. Der Wagen hatte, wie ich sah, ein Nummernschild von einem anderen Bundesstaat – ein gelbes Schild –, und sie waren allein. Die weißen Mädchen, die bei ihnen gewesen waren, waren fort, und die Männer lachten, als sie ausstiegen. Einer legte den langen Arm um die Schultern des anderen. »Oh, ich konnte nicht anders. Nein, nein«, sagte er, »ich konnte einfach nicht anders.« Beide lachten wieder, und der, der gesprochen hatte, sah mich an und lächelte, als sie an mir vorbeigingen, und sagte: »Mach dir keine Sorgen, mein Junge, wir legen da drin keinen um.« Dann lachten sie beide laut auf und verschwanden in der Tür zum Mermaid.

Und dann machte ich mich wieder auf den Nachhauseweg. Ich hatte an dem Tag eigentlich fortgehen wollen, aber ich sah ein, daß ich es nicht konnte, weil meine Eltern immer noch da waren und ich zu jung war. Und obwohl ich ihnen nicht damit helfen konnte, daß ich dablieb, gehörten wir doch auf eine Weise zusammen, die ich nicht verändern konnte. Und als ich durch den kalten Abend auf die Lichter von Great Falls zuging, einer Stadt, die nicht mein Zuhause war und es auch nie sein würde, dachte ich daran, daß meine Mutter mich in der vorigen Nacht gefragt hatte, ob ich einen Plan für sie hätte. Und ich hatte keinen, aber wenn ich einen gehabt hätte, dann hätte der so ausgesehen, daß sie beide länger leben und glücklicher sein sollten als ich. Der Tod war in diesem Augenblick nicht so schrecklich wie das Alleinsein, obwohl ich gar nicht allein war und hoffte, daß ich es auch nicht sein würde, und obwohl das ein kindischer Gedanke war. In diesem Augenblick merkte ich, daß ich weinte und es nicht wußte, ja, es nicht einmal vermutet hätte. Ich gehe doch bloß nach Hause, dachte ich, und versuche, über die Dinge nachzudenken, all die Dinge in meinem Leben, wie sie nun einmal waren.

Als ich nach Hause kam, war es dunkel. Der Mond war hinter Wolken verschwunden, und ich fror, als ich den Gehweg hochkam, weil ich mich nicht warm angezogen hatte. In unserm Haus brannte Licht, und auch an der ganzen Straße. Dünne Schneeschleier, der erste Schnee des Jahres, wehten durch die Gärten. Er würde nicht lange liegenbleiben, vermutete ich, obwohl ich nicht wußte, wann der Winter wirklich anfing.

Meine Mutter saß mitten auf der Couch im Wohnzimmer und spielte mit sich allein Karten. Ich hatte sie dieses Spiel schon vorher spielen sehen, und man brauchte dafür zwei Kartenspiele. Sie hatte es im College gelernt. Sie trug die Sachen, die sie schon am Morgen angehabt hatte – ihre weiße Bluse mit der weißen Schleife, einen braunen Rock und Stöckelschuhe. Ich fand sie hübsch. Sie saß vorn auf der Kante der Couch, hatte die Karten auf dem niedrigen Kaffeetisch ausgelegt, die Knie auf einer Seite. Sie sah aus, als wollte sie irgendwo hingehen.

Sie schaute auf und lächelte, als ich hereinkam und die Tür zumachte. Sie hatte die Hälfte der Karten in der Hand. Ich sah nirgendwo einen Drink.

»Wo bist du so lange gewesen, es ist schon dunkel«, sagte sie, »und obendrein halbnackt?«

»Ich bin zur Arbeit gegangen«, sagte ich. Es war wieder

eine Lüge, aber ich glaubte nicht, daß es was ausmachte, und ich wollte nicht sagen, daß ich bis zum Luftstützpunkt gegangen war.

»Warst du in der Schule?« sagte sie und sah mich immer noch an.

»Nein«, sagte ich.

»Naja, das kannst du später immer noch, schätz ich. Ich dachte, du wärst vielleicht nachmittags hingegangen.«

»Wo warst du heute?« sagte ich. Ich setzte mich in den Sessel, der neben dem Fernseher stand. Meine Arme waren kalt, aber hier drinnen war es warm. Ich überlegte, was es im Haus wohl zu essen gab. Ich hatte das Essen ganz vergessen.

»Ich bin bei den Helen-Apartments gewesen«, sagte sie. »Und dann hatte ich noch ein paar andere Sachen zu erledigen.«

»Willst du eines von denen mieten?« sagte ich.

Meine Mutter teilte die Karten, die sie in der Hand hielt, in zwei Stapel und legte dann den einen auf den anderen.

»Ich hab heute morgen für eines etwas angezahlt«, sagte sie. »Es sah hübsch aus. Dir würde es auch gefallen.«

»Hast du Warren Miller getroffen?«

Meine Mutter legte die Karten hin, setzte sich auf der Couch zurück und sah mich an. »Ich warte darauf, daß dein Vater nach Hause kommt«, sagte sie. Und das war keine Überraschung. Ich hatte mir schon überlegt, daß mein Vater an diesem Tag nach Hause kommen würde, wenn er nicht tot war. Er hatte das nicht gesagt, aber das kannte ich schon von ihnen beiden – welche Zeiträume sie brauchten, um etwas zu erledigen. So gut kannte ich sie.

»Hast du zufällig«, sagte meine Mutter, »heute ein Paar gestreifter Socken irgendwo im Haus gefunden?«

»Nein«, sagte ich.

»Na gut.« Sie lächelte. »Hast du irgendwas gegessen?«

»Nein«, sagte ich. »Aber ich habe Hunger.«

»Ich mach was«, sagte sie. Dann schaute sie sich nach der Uhr um, die neben der Küchentür hing. »Ich mach dir gleich was«, sagte sie. »Dein Vater kommt mit 'nem Taxi. Als du kamst, dachte ich schon, daß er das ist.« Ich schaute aus dem Fenster hinter mir und sah bloß den Schnee, der in der gerade aufkommenden Brise zu tanzen schien, den leeren Bürgersteig und das Licht in den Häusern auf der andern Seite der Eighth Street. Ich dachte, daß unser Wagen jetzt in der Garage sein mußte und daß meine Mutter den ganzen Tag bei Warren Miller gewesen war. Vielleicht war sie eine Stunde bei den Helen-Apartments gewesen, aber danach war sie zu Warren Miller gefahren. Es war ihr egal, ob ich das wußte. Vielleicht hatte sie das Gefühl, den Boden unter den Füßen verloren zu haben, und während wir auf die Ankunft meines Vaters warteten, wartete sie auch darauf, wieder auf der Erde zu landen. In gewisser Weise hatte ich dasselbe Gefühl, und sie tat mir leid. »Es hat da oben geschneit, wo sie heute waren«, sagte sie leise. »Und jetzt schneit es hier.« Das sagte sie einfach nur so, um das Warten zu überbrücken.

»Ich weiß«, sagte ich.

»Hast du geglaubt, daß dein Vater verletzt werden könnte?«

»Nein«, sagte ich. »Ich hab gehofft, daß ihm nichts passiert.«

»Ich auch«, sagte meine Mutter. »Das ist die Wahrheit.« Sie verschränkte die Arme und sah durch das Zimmer zu den vorderen Fenstern. »Ich empfinde etwas Leidenschaftliches für ihn. Ich spüre das. Aber ich hab nicht das Gefühl, daß ich das jetzt ausleben kann. Das ist es wohl. Das ist das Problem.« Sie fuhr sich mit den Fingern durch das braune Haar und räusperte sich. Ich konnte sehen, daß sie eine kleine Stelle an ihrem Nacken hatte, wie ein kleiner blauer Fleck, etwas, das sie mit den Fingern berührte, ohne es zu merken. »Man fühlt sich manchmal wie gestrandet. Mehr durch das, was passiert als durch Menschen. Ich weiß das«, sagte sie und atmete aus. »Hast du auch das Gefühl, Joe? Fühlst du dich hier nicht wie gestrandet?«

»Nein«, sagte ich. »Ich nicht.«

»Das ist gut«, sagte meine Mutter. »Ich glaube, du hast viele gute Dinge vor dir.«

Sie stand auf. Sie beobachtete die Straße durch das vordere Fenster. Sie glättete den Rock mit der Hand und schob noch einmal das Haar zurück. Ich sah sie an, dann blickte ich hinaus. Draußen am Kantstein hinter unserem Holzzaun stand ein Taxi, dessen rotes Schild im schneeverhangenen Abend leuchtete. Die Innenbeleuchtung war an, und ich konnte den Fahrer sehen, der sich umgedreht hatte und mit jemandem sprach, der, wie ich wußte, mein Vater war. Ich sah die Hand meines Vaters mit Geld darin, sah, wie der Fahrer über etwas lachte, das sie gerade gesagt hatten. Dann ging hinten die Tür auf, und mein Vater stieg aus, mit der Gladstone-Tasche in der Hand, mit der er weggefahren war. Das schien mir sehr lange her zu sein.

»Na. Da kommt die Feuerwehr«, sagte meine Mutter. Sie stand immer noch da, vor der Couch, und schaute aus dem Verandafenster. Sie hatte die Arme verschränkt und stand sehr gerade.

Ich erhob mich aus dem Sessel und öffnete die Haustür. Das Verandalicht brannte. Ich lief die Treppe hinunter, um meinem Vater entgegenzugehen, der schon den halben Gehweg hoch war, und umarmte ihn. Er sah größer aus als vor zwei Tagen, und er lächelte. Sein schwarzes Haar war jetzt kurzgeschnitten, und sein Gesicht war dreckig und unrasiert. Er setzte seine Tasche ab und legte die Arme um mich. Er trug ein schweres Leinenhemd, Leinenhosen und schwarze Holzfällerstiefel, und als ich mein Gesicht an seine Kleidung legte, roch er nach Asche und Verbranntem. Sein Hemd war steif und dreckig und rauh an meinem Gesicht. Ich hörte, wie das Taxi wegfuhr. Er legte seine Hand auf meinen Nacken, und sie war kalt und hart. »Es hat angefangen zu schneien«, sagte er, »also schicken sie die schlauen Leute nach Hause. Und wie geht's dir hier so?« Seine Stimme wirkte abgehackt, und er umarmte mich noch einmal, fester. Es wirkte irgendwie albern, denn er war gar nicht sehr lange weggewesen.

»Gut«, sagte ich.

»Ist deine Mutter immer noch böse?«

»Ich weiß nicht«, sagte ich. Ich hielt ihn noch einen Augenblick fest. »Ich weiß nicht«, sagte ich noch einmal.

»Na, wir werden's ja sehen, denk ich«, sagte er. Er nahm seine Tasche. »Laß uns aus dem Schnee raus. Man könnte ja glauben, wir sind in Montana.« Wir gingen zusammen die Verandatreppe hoch und ins Haus, wo es warm war und alle Lichter brannten und meine Mutter wartete.

Sie saß wieder auf der Couch gegenüber der Haustür, wo sie gesessen hatte, als ich nach Hause kam, aber sie spielte nicht mehr Karten. Die beiden Kartenspiele lagen vor ihr auf dem Tisch. Sie lächelte ihn an, als er hereinkam, aber sie stand nicht auf. Und ich wußte, daß ihn das überraschte. Es war nicht das, was er erwartet hatte, und es muß ihn enttäuscht haben, er mußte spüren, daß etwas nicht war wie sonst. »Was macht das Feuer?« war alles, was meine Mutter sagte. »Hast du es gelöscht?«

»Nein«, sagte mein Vater. Er lächelte. Ich denke, er muß gewußt haben, daß er es tat.

»Das hab ich mir schon gedacht«, sagte sie. Und dann lächelte sie ihn wieder an, stand von der Couch auf, kam durch das Wohnzimmer und küßte ihn, legte ihre Hände auf seine Arme und küßte ihn auf die Wange. Ich stand genau daneben. Als sie ihn geküßt hatte, sagte sie: »Ich bin froh, daß du wieder da bist, Jerry. Joe auch.« Dann ging sie weg von uns beiden und setzte sich wieder auf die Couch.

»Ich hab das Gefühl, als wär ich lange weggewesen«, sagte mein Vater.

»Es waren bloß drei Tage«, sagte meine Mutter. Sie sah aus, als lächelte sie immer noch, tat es aber nicht. »Hast du schon zu Abend gegessen?«

»Nein«, sagte mein Vater, »aber ich hab keinen Hunger.« Er stand einen Augenblick lang da mit seiner schwarzen Tasche in der Hand. Ich dachte, einer von den beiden würde mir sagen, daß ich aus dem Zimmer gehen, mich mit mir selber beschäftigen sollte, aber das taten sie nicht. Und ich stand einfach neben der Haustür und spürte, wie es über die Türschwelle und um meine Knöchel zog.

»Warum setzt du dich nicht hin?« sagte meine Mutter. »Du mußt müde sein. Du hast bestimmt 'ne Menge gesehen.«

»Ich weiß auch nicht, wen ich hier eigentlich beeindrucke, wenn ich so rumstehe«, sagte mein Vater, stellte seine Tasche hinter der Haustür ab und setzte sich in den Armsessel neben dem Fernseher, wo ich gesessen hatte. Ich konnte ihn besser sehen. Er bewegte sich steif. Seine Handrücken waren hart, als wären sie gebacken worden, und ich konnte immer noch den Aschegeruch riechen, der ihm anhing. Es war ein Geruch, den ich, bevor ich ihn in dem Café gerochen hatte, wo meine Mutter und ich vor zwei Tagen zu Abend gegessen hatten, nicht mit einem Menschen in Verbindung gebracht hätte.

»Mich mußt du nicht beeindrucken«, sagte meine Mutter. »Das ist schon mal sicher.«

»Hast du geglaubt, daß ich da oben umkomme?« sagte mein Vater.

»Ich hab gehofft, daß du davonkommst«, sagte meine Mutter. Sie lächelte ihn dann so an, daß man denken konnte, sie möge ihn. »Wir hier zu Hause wären sehr enttäuscht gewesen«, sagte sie. »Wird das Feuer denn je ausgehen?«

150

Mein Vater musterte seine Hände, wo sie rot und wund aussahen. »Es wird noch lange weiterschwelen. Es ist schwer zu löschen.«

»Ich hatte so ein mystisches Gefühl, während du weg warst«, sagte meine Mutter, und ich konnte sehen, daß sie sich ein bißchen entspannte. Ich dachte, daß jetzt vielleicht alles in Ordnung war und es keinen Ärger mehr geben würde. »Ich dachte«, sagte sie, »daß das Feuer vielleicht etwas war, das gar nicht gelöscht werden sollte. Und daß ihr Männer – alle – bloß hingefahren seid, um euch zu stärken.«

»Das ist nicht ganz richtig«, sagte mein Vater. Er blickte zu mir auf. Seine Augen waren rot und klein und müde. Aber er sah gut aus, und vielleicht war er gestärkt worden, wie meine Mutter gesagt hatte. Daran schien mir nichts Falsches zu sein. »Man kommt aus sich selbst raus, das ist es«, sagte er. »Man sieht alles von außen. Man steht allein etwas so Großem gegenüber.« Er sah meine Mutter und mich wieder an und zwinkerte. »Alles ist plötzlich willkürlich. Man tritt aus seinem Leben heraus, und alles wirkt wie etwas, das man wählen könnte. Nichts ist mehr selbstverständlich. Das ist wahrscheinlich schwer zu verstehen. Ich hab dreißig Meter hohe Flammen gesehen, die plötzlich wie aus einem Lötkolben zur Seite schossen. Völlig wild geworden. Ein Mann wurde bloß vom Windzug, der an ihm vorbeifegte, vom Pferd geworfen.« Mein Vater erschauerte, als ob ihn ein Schrecken durchlief. Und er schüttelte schnell den Kopf, als wollte er ein Bild loswerden.

»Das ist schrecklich«, sagte meine Mutter.

»Ich fühl mich komisch im Moment«, sagte mein Vater. »Aber ich bin froh, wieder zu Hause zu sein.«

»Ich bin froh, daß du gekommen bist«, sagte meine Mutter. Sie sah mich mit einem Ausdruck an, den ich verwirrt fand. Sie versuchte sich zu entscheiden. Und obwohl ich wußte, was für eine Entscheidung ich mir von ihr

151

wünschte, traute ich mich nicht, es auch zu sagen und zu versuchen, ihr zu Hilfe zu kommen. Sie hatten sich einiges zu sagen, mit dem ich nichts zu tun hatte. »Wie ist der Brand eigentlich entstanden?« sagte sie dann. »Weiß man, wie das passiert ist?«

»Brandstiftung«, sagte mein Vater und setzte sich in seinem Stuhl zurück. »Irgendein Mann hat das getan. Ich möchte nicht in seiner Haut stecken. Irgend jemand wird ihn umbringen, soviel weiß ich. Vielleicht war's ein Indianer.«

»Wie kommst du darauf?« fragte meine Mutter.

»Ich mag sie einfach nicht«, sagte mein Vater. »Sie lassen ihre eigenen Leute im Stich, und sie sind verschlossen. Ich trau ihnen nicht.«

»Ich verstehe«, sagte meine Mutter.

»Wie steht's mit der Schule?« sagte mein Vater dann zu mir und wandte sich mir zu. Dazu schien er seinen ganzen Körper drehen zu müssen. Wahrscheinlich hatte er auf dem Boden geschlafen, dachte ich, und jetzt hatte er Schmerzen.

»Er macht sich gut«, sagte meine Mutter, bevor ich antworten konnte. Ich glaube, sie wollte nicht, daß ich ihn anlüge, und sie wußte, daß ich drauf und dran war, das zu tun. Die Wahrheit hätte in dem Moment nichts genützt.

»Das ist gut.« Mein Vater lächelte mich an. »Ich bin ja auch gar nicht so lange weggewesen, oder?«

»Du bist lange genug weggewesen«, sagte meine Mutter. Und dann sagte einen Augenblick lang keiner von ihnen etwas.

»Ein Mann hat mit mir heute über einen Job bei der Forstverwaltung gesprochen. Die Forstbeamten«, sagte mein Vater. Er achtete nicht sehr genau auf meine Mutter. Er fühlte sich jetzt wieder besser, dachte ich. »Ein Collegeabschluß ist da ein Plus. Erfahrung ist nicht so wichtig. Sie würden uns in Choteau ein Haus zur Verfügung stellen.«

»Jerry, da ist etwas, was ich dir sagen muß«, sagte meine Mutter. Sie saß nun vorn auf der Couchkante, die Knie zusammen und die Hände auf ihrem Rock. Mein Vater hörte auf, von der Forstverwaltung zu reden, und sah sie an. Er merkte, daß es etwas Wichtiges war, obwohl er, glaube ich, keine Ahnung hatte, was es sein konnte. Daß meine Mutter ihn verlassen würde, war wahrscheinlich das letzte, woran er gedacht hätte. Ich glaube, er dachte vielleicht, daß alles besser würde. Er hatte ein Recht dazu, das zu denken, wirklich. »Sag mir, was es ist, Jean«, sagte er. »Ich red hier einfach so drauflos. Tut mir leid.«

»Ich werd in eine andere Wohnung ziehen. Ich werd morgen umziehen«, sagte meine Mutter, und ihre Stimme wirkte lauter, als sie sein mußte. Sie sah aus, als hätte sie gerade etwas gesagt, das sie selbst nicht verstand und das auch ihr Angst machte. Sie hatte wahrscheinlich nicht erwartet, daß sie sich so fühlen würde.

»Was meinst du damit?« sagte mein Vater. »Was um Himmels willen?« Er starrte sie an.

»Es kommt überraschend, ich weiß«, sagte meine Mutter. »Ich bin selbst überrascht.« Sie hatte sich nicht bewegt, ihre Knie waren zusammengepreßt, und ihre Hände lagen ganz ruhig in ihrem Schoß.

»Bist du verrückt?« sagte mein Vater.

»Nein«, sagte meine Mutter sehr ruhig. »Ich glaube nicht.«

Mein Vater drehte sich plötzlich um und schaute aus dem vorderen Fenster. Es war, als glaubte er, jemand wäre dort, draußen auf der Veranda oder im Garten oder auf der Straße, der ihn beobachtete, jemand, an den er sich wenden könnte, jemand, der ihm eine Ahnung davon vermitteln könnte, was hier eigentlich mit ihm geschah. Die Straße war natürlich leer. Schnee fiel im Licht der Straßenlampen.

Er drehte sich wieder um und warf meiner Mutter einen

schnellen Blick zu. Er hatte mich ganz vergessen. Sie hatten mich beide vergessen. Sein Gesicht war bleich.

»Ich glaub, ich hab mir was geholt«, sagte er, und er ballte die Faust auf der Sessellehne. »Wahrscheinlich 'ne Erkältung.« Meine Mutter starrte ihn nur an. »Hast du jemand anderes?« fragte er. Er klopfte mit der Faust schnell hintereinander auf die Sessellehne, als ob er nervös wäre.

Meine Mutter sah mich an. Vielleicht wollte sie das alles gar nicht mehr. Aber sie war zu weit gegangen, und ich glaube nicht, daß sie noch eine andere Möglichkeit sah. »Also«, sagte sie. »Ja. Hab ich.«

»Wer ist es?« fragte mein Vater.

»Oh, bloß jemand, den ich mag«, sagte meine Mutter.

»Jemand aus dem Country Club?« sagte mein Vater. Er wurde allmählich wütend, und meine Mutter muß gespürt haben, daß sie das nicht mehr aufhalten konnte.

»Ja«, sagte sie. »Aber darum geht's nicht. Das ist bloß ein Zufall.«

»Das weiß ich«, sagte mein Vater. »Das glaube ich.« Er stand auf und lief im Zimmer umher. Es war, als wollte er seine Schritte auf dem Boden hören, das Geräusch hören, das seine Stiefel auf dem Holz machten. Er ging hinter der Couch herum, dann wieder in die Zimmermitte. Ich konnte ihn riechen, seinen Aschegeruch, und ich wußte, daß meine Mutter es auch konnte. Dann setzte er sich wieder in den Sessel neben dem Fernseher.

»Ich weiß nicht, was das Leben überhaupt zusammenhält«, sagte er. Er wirkte jetzt nicht mehr so wütend, nur sehr unglücklich. Er tat mir leid.

»Ich weiß«, sagte meine Mutter. »Ich auch nicht. Es tut mir leid.«

Mein Vater preßte die Hände vor seinem Körper fest zusammen. »Was zum Teufel denkst du dir eigentlich, Jean?« Er sah dann mich an. »Es ist mir ganz egal, wer es ist.« Er sagte das zu mir, aus irgendeinem Grund.

»Es ist Warren Miller«, sagte meine Mutter rundweg.

»Na, wie schön für ihn«, sagte mein Vater.

»Man kriegt allmählich eine andere Einstellung zu den Dingen«, sagte meine Mutter.

»Das weiß ich«, sagte mein Vater. »Das ist mir klar.«

Meine Mutter legte die Hände neben sich auf die Couch. Es war seit ein paar Minuten das erste Mal, daß sie sich überhaupt wieder bewegte. Sie muß gedacht haben, daß das Schlimmste erstmal vorüber sei, und es ist möglich, daß es für sie auch so war.

»Ich will nicht, daß du böse auf mich bist«, sagte mein Vater, »bloß weil ich zu einem Waldbrand gefahren bin. Verstehst du?«

»Ich versteh das«, sagte meine Mutter. »Ich bin nicht böse auf dich.«

»Liebe ist das eine«, sagte mein Vater. Und dann sagte er nichts mehr. Er sah sich plötzlich im Zimmer um, als hätte ihn irgend etwas aufgeschreckt, etwas, das er gehört hatte oder zu hören erwartete oder etwas, an das er gedacht hatte, als er redete, und das alles, was er noch sagen wollte, aus seinen Gedanken verscheuchte. »Wo ziehst du hin?« sagte er. »Ziehst du zu Miller?«

»In die Helen-Apartments«, sagte meine Mutter. »Sie sind unten am Fluß. An der First Avenue.«

»Ich weiß, wo die sind«, sagte mein Vater abrupt. Dann sagte er: »Himmel nochmal, es ist heiß hier drinnen, Jean.« Sein Leinenhemd war bis oben zugeknöpft, und er machte plötzlich drei Knöpfe auf, so daß das Hemd bis auf die Brust geöffnet war. »Du solltest die Heizung mal ein bißchen runterdrehen«, sagte er. Mir fiel ein, daß ich die Heizung früher am Tag hochgedreht hatte, als ich allein im Haus gewesen war und gefroren hatte.

»Das stimmt«, sagte meine Mutter. »Tut mir leid.« Aber sie stand nicht auf. Sie blieb, wo sie war.

»Hattest du harte drei Tage?« fragte mein Vater.

»Nein«, sagte meine Mutter. »Nicht sehr harte.«

»Dann ist es ja gut.« Mein Vater sah sie an. »Kommen wir nicht mehr miteinander aus? Ist es das?«

»Ich glaub ja«, sagte meine Mutter ruhig. Sie betastete mit den Fingern ihren Hals. Die Stelle war unter ihrem Kragen und der weißen Schleife, aber sie mußte ihr gerade eingefallen sein, und sie überlegte jetzt, wo sie war und ob er sie sehen konnte, was er nicht konnte. Er wußte nichts davon.

»Ich hätte alles natürlich gern wieder so wie vorher. Daß alles in Ordnung ist.« Mein Vater sagte das und lächelte sie an. »Ich hab das Gefühl, daß alles kippt. Einfach alles.«

»Das Gefühl hatte ich auch schon«, sagte meine Mutter.

»Mensch«, sagte mein Vater. »Mensch, Mensch.« Er schüttelte den Kopf und lächelte. Ich wußte, er war verblüfft, daß ihm so etwas passierte. Er hätte es sich nie träumen lassen, daß das geschehen konnte. Vielleicht versuchte er zu überlegen, was er falsch gemacht hatte, sich in die Zeit zurückzuversetzen, als noch alles in Ordnung gewesen war. Aber er war sich nicht mehr sicher, wann das gewesen war.

»Jerry«, sagte meine Mutter. »Fahr doch mit Joe irgendwo essen. Ich hab heut abend nicht gekocht. Ich hab erst erfahren, daß du nach Hause kommst, als es schon zu spät war.«

»Das ist 'ne gute Idee«, sagte mein Vater. Er sah mich an und lächelte wieder. »Es ist ein wildes Leben, was, mein Junge?« sagte er.

»Er weiß nicht, was wild ist und was nicht.« Meine Mutter sagte das böse, in tadelndem Ton, ohne jede Sympathie für ihn. Sie stand auf und stellte sich hinter den Tisch mit den Kartenspielen. Sie wartete darauf, daß wir gingen. »Ich glaub, ich bin an dir verschwendet«, sagte mein Vater. In diesem Augenblick war er plötzlich wieder wütend. Ich konnte es ihm nicht verdenken.

»Das glaub ich auch«, sagte meine Mutter. Und sie lächelte auf eine Art, die kein Lächeln war. Sie wollte nur, daß dieser Augenblick in ihrem Leben vorbeiging und daß etwas anderes – es war ihr wahrscheinlich egal was – danach kam. »Heutzutage verschwenden wir uns alle«, sagte sie. Dann drehte sie sich um, ging aus dem Wohnzimmer und ließ uns, meinen Vater und mich, allein, und wir konnten nichts anderes tun, als in die Nacht hinauszugehen, und wir hatten niemanden anderes als einander.

Wir fuhren zur Central Avenue hinunter, wo es Cafés und ein paar Bars gab, in denen ich etwas zu essen kriegen konnte. Es hatte weitergeschneit, und winzige Flocken wirbelten vor den Scheinwerfern, aber der Bürgersteig war bereits feucht und glänzte vom Wasser, und der Schnee verwandelte sich schon in Regen, als wir schließlich im Zentrum waren, so daß das Ganze mehr wie der Frühling im Osten Washingtons wirkte als wie der Winteranfang in Montana.

Im Auto tat mein Vater so, als wäre alles gar nicht so schlimm. Er sagte mir, daß er mit mir ins Kino gehen würde, wenn ich das wollte, oder daß wir eine Nacht in einem Hotel verbringen konnten. Er hatte gehört, daß das »Rainbow« gut war. Er erwähnte, daß die Yankees in der *World Series* bislang gut spielten, daß er aber hoffte, daß Pittsburgh gewann. Er sagte auch, daß üble Dinge passierten und Erwachsene das auch wußten, aber daß sie schließlich wieder vergingen und daß ich nicht denken sollte, daß wir alle bloß die Summe unserer schlimmsten Irrtümer waren, weil wir besser waren, als wir glaubten, und daß er meine Mutter liebte und sie ihn, und daß er selbst Fehler gemacht hatte und daß wir alle etwas Besseres verdient hatten. Und mir war klar, daß er glaubte, er könnte zwischen ihnen alles wieder einrenken.

»Die Dinge können einen überrumpeln. Das ist mir klar«, sagte er zu mir, als wir die Central Avenue in unserem kalten Wagen hinunterfuhren. »Als ich in Choteau war, hab ich einen Elch gesehen, wenn du dir das vorstellen kannst. Mitten in der Stadt. Das Feuer hatte ihn aus seinem normalen Revier verjagt. Alle waren verblüfft.«

»Was ist mit ihm passiert?« fragte ich.

»Oh, das weiß ich nicht«, sagte mein Vater. »Ein paar von den Leuten wollten ihn abschießen, andere waren dagegen. Später hab ich dann nichts mehr von ihm gehört. Vielleicht ist er davongekommen.«

Wir fuhren die Central Avenue bis zum Ende und parkten vor einer Bar, die hell erleuchtet war und weiße Wände und sehr hohe Räume besaß. Sie hieß The Presidential, und ich konnte von der Straße aus durch die Fenster erkennen, daß an zwei Tischen im Hintergrund Männer Karten spielten, aber daß niemand an der Bar saß und trank. Ich hatte auf meinen Spaziergängen durch die Stadt in diese Bar geguckt und dachte, daß die Eisenbahner da hingingen, weil sie in der Nähe der Bahnhöfe und der Bahnhotels lag. »Das hier ist ein sehr guter Laden«, sagte mein Vater. »Sie haben gutes Essen, und man kann jedenfalls die eigenen Gedanken verstehen.«

Die Bar war ein langer, schmaler Raum, und gerahmte Bilder von zwei oder drei Präsidenten hingen an der Wand. Eins war von Roosevelt. Ein anderes von Lincoln. Wir saßen an der Bar, und ich bestellte Navy-Bohnensuppe und einen Pasty Pie. Mein Vater bestellte sich ein Glas Whisky und ein Bier. Ich hatte seit dem Morgen nicht gegessen und war hungrig, aber als ich mit meinem Vater an der Bar saß, konnte ich bloß daran denken, was meine Mutter wohl gerade tat. Packte sie ihre Koffer? Telefonierte sie mit Warren Miller oder mit jemand anderem? Saß sie auf ihrem Bett und weinte? Nichts davon erschien mir so ganz zutreffend. Und ich beschloß, daß ich, wenn ich meine Mahlzeit gegessen hatte, meinen Vater bitten wollte, mich wieder nach Hause zu bringen. Er würde schon verstehen, warum ich das tun wollte, dachte ich, besonders für die eigene Mutter, in einem schwierigen Moment.

»Eine Menge, von dem was verbrannt ist, weißt du, ist bloß Unterholz.« Die Hand meines Vaters lag auf seinem Whiskyglas, und er betrachtete den vernarbten Handrücken. »Nächstes Frühjahr kannst du wieder rein. Eines Tages wirst du in einem Haus wohnen, das aus diesem Holz gebaut ist. Ein Waldbrand ist manchmal gar nicht so schlecht.« Er sah mich an und lächelte.

»Hattest du Angst da draußen?« fragte ich. Ich aß mein Stück Pie.

»Ja, hatte ich. Wir haben bloß Feuergräben angelegt, aber ich hatte Angst. Es kann alles passieren. Wenn man einen Feind hätte, könnte der einen umbringen, ohne daß irgend jemand etwas merkt. Einmal mußte ich einen Mann davon abhalten, einfach ins Feuer zu rennen. Ich habe ihn zu Boden gerungen.« Mein Vater nahm einen Schluck Bier und rieb sich die Hände. »Schau dir meine Hände an«, sagte er. »Ich hatte glatte Hände, als ich Golf spielte.« Er rieb sich die Hände fester. »Bist du jetzt stolz auf mich?« sagte er.

»Ja«, sagte ich. Und das stimmte. Ich hatte meiner Mutter gesagt, daß ich stolz war, und das war ich auch.

Hinten im Raum hörte ich Poker-Chips klappern und einen Sessel quietschen, als jemand aufstand. »Du kannst doch jetzt nicht aufhören, wo ich gewinne«, sagte jemand, und die Leute lachten.

»Ich würde gern an der Ostflanke leben«, sagte mein Vater. »Das wär ein besseres Leben als hier unten. Bloß raus aus Great Falls.« Seine Gedanken sprudelten einfach nur so; alles, was er dachte, sagte er. Es war ein seltsamer Abend in seinem Leben.

»Da oben würd ich auch gern leben« sagte ich, obwohl ich

nur das eine Mal vor zwei Tagen in die Nähe der Ostflanke gekommen war, als ich mit meiner Mutter dorthin gefahren war und da alles brannte.

»Glaubst du, daß deine Mutter das mitmachen würde?« sagte er.

»Vielleicht«, sagte ich. Mein Vater nickte, und ich wußte, daß er an die Ostflanke dachte, eine Gegend, für die er sich wahrscheinlich nicht eignete, ebensowenig wie meine Mutter. Sie hatten ihr ganzes Leben in Stadthäusern zugebracht und waren damit gut zurechtgekommen. Er lenkte sich bloß von Dingen ab, die ihn verletzten und die er nicht ändern konnte.

Mein Vater bestellte noch ein Glas Whisky, aber kein Bier. Ich bestellte ein Glas Milch und noch ein Stück Pie. Er drehte sich auf seinem Hocker um und schaute auf die Männer, die weiter hinten Karten spielten. Sonst war niemand in der Bar. Es war sieben, und die Leute würden erst später kommen, wenn die Schicht zu Ende war.

»Ich hätte wahrscheinlich wissen müssen, daß so was passiert«, sagte mein Vater und blickte in die andere Richtung. »Da hängt immer noch irgend jemand anders mit drin. Es reicht schon, daß man es bloß denkt. Man kann seine Gedanken sowieso nicht kontrollieren, das weiß ich. Wahrscheinlich sollte man es gar nicht erst versuchen.« Ich saß da und sagte gar nichts, weil ich dachte, daß er mich gleich etwas fragen würde, auf das ich keine Antwort geben wollte. »Läuft die Sache schon eine ganze Weile?« fragte mein Vater.

»Das weiß ich nicht«, sagte ich.

»Man schlittert in so etwas rein, und plötzlich kommt es einem vor, als wäre es alles, was man im Leben hat«, sagte mein Vater. »Man sieht nichts anderes mehr. Dafür hab ich viel Verständnis.«

»Ich weiß es nicht«, sagte ich wieder.

»Es ist das Geld«, sagte mein Vater. »Das spielt eine große

Rolle dabei. Daran zerbrechen ganze Familien. Sie haben einfach nicht genug Geld. Aber das mit diesem Miller überrascht mich doch«, sagte er. »Er wirkt nicht wie ein Mann, der so was tun würde. Ich hab mit ihm Golf gespielt. Er hinkt irgendwie. Ich glaub, ich hab mal Geld von ihm gewonnen.«

»Das hat er erzählt«, sagte ich.

»Kennst du ihn?« Und mein Vater sah mich an.

»Ich hab ihn kennengelernt«, sagte ich. »Ich hab ihn einmal getroffen.«

»Ist er nicht auch verheiratet?« sagte mein Vater. »Ich dachte, er wäre es.«

»Nein«, sagte ich. »Ist er nicht. Er war's mal.«

»Wann hast du ihn getroffen?« sagte mein Vater. Und plötzlich bekam ich Angst – Angst vor meinem Vater und davor, was ich sagen würde. Weil ich das Gefühl hatte, daß ich etwas Falsches sagen könnte. Ich wollte auf der Stelle aufstehen und gehen. Aber das konnte ich nicht. Ich war mit meinem Vater da, und es gab keinen Ort für mich, der wirklich weit genug entfernt gewesen wäre. Und dann entschied ich für mich, daß das, was die Leute dachten – daß ich nichts über meine Mutter und Warren Miller wußte, zum Beispiel –, nicht so wichtig war wie die Wahrheit. Und ich beschloß, daß ich nur die Wahrheit sagen würde, wenn ich etwas sagen mußte und die Wahrheit kannte, ganz gleich, was ich vorher gedacht hatte, als ich dieser Situation noch nicht ins Gesicht sehen mußte.

Aber jetzt denke ich, daß es falsch gewesen ist und daß mein Vater das auch gedacht hätte, wenn er eine Wahl gehabt hätte, die er aber nicht hatte. Nur ich hatte die Wahl. Es lag alles an mir.

Mein Vater drehte sich auf seinem Barhocker um und sah mich an, mit kleinen und harten Augen. Er wollte, daß ich ihm die Wahrheit sagte. Ich wußte das. Aber er wußte nicht, wie die Wahrheit lauten würde.

»Ich hab ihn bei uns zu Haus getroffen«, sagte ich.

»Wann war das?« fragte mein Vater.

»Gestern«, sagte ich. »Vor zwei Tagen.«

»Was ist passiert? Was ist dann passiert?«

»Nichts«, sagte ich.

»Und du hast ihn dann nie wieder gesehen?« sagte mein Vater.

»Doch, bei ihm zu Hause«, sagte ich.

»Warum bist du da hingegangen?« Mein Vater beobachtete mich. Vielleicht hoffte er, daß ich log und er mich dabei erwischen konnte, daß ich log, um vielleicht meine Mutter in ein schlechtes Licht zu rücken, aus irgendeinem Grund, den er sich ausdachte, vielleicht, weil ich ihm irgendwie helfen wollte und mich auf seine Seite schlug, damit er sich besser fühlte. »Bist du allein zu ihm gegangen?«

»Nein«, sagte ich. »Ich bin mit Mutter hingegangen. Wir haben bei ihm zu Abend gegessen.«

»Das habt ihr?« sagte er. »Habt ihr da auch übernachtet?«

»Nein«, sagte ich. »Das haben wir nicht. Wir sind nach Haus gefahren.«

»Und das ist alles?« fragte er.

»Das war dann erst mal alles«, sagte ich.

»Aber hast du gesehen, wie deine Mutter, während ich weg war, etwas getan hat, das du mir nicht so gern erzählen wolltest?« sagte mein Vater. »Ich weiß, es ist komisch, das wissen zu wollen. Es ist alles wahrscheinlich mein Fehler. Es tut mir leid.« Er sah mich mit hartem Blick an. Ich glaube, er wollte nicht, daß ich etwas sagte, aber er wollte auch die Wahrheit wissen und welche Rolle ich gespielt hatte, welche Rolle meine Mutter gespielt hatte und was daran richtig und was falsch war. Und ich sagte überhaupt nichts mehr, denn obwohl ich das alles wieder ganz klar vor Augen hatte – all diese Dinge, die in nur drei Tagen passiert waren –, glaubte ich nicht, daß ich alles wußte, und ich wollte auch nicht so tun, und ich glaubte auch nicht, daß das, was ich gesehen hatte, die Wahrheit war.

»Vielleicht ist eine Antwort darauf gar nicht nötig«, sagte mein Vater nach einer Weile. Er blickte wieder zu den Männern, die am anderen Ende des Raumes Karten spielten. »Hat deine Mutter dir irgendwas gesagt?« sagte mein Vater. »Ich meine, hat sie irgendwas gesagt, an das du dich erinnern kannst? Nicht über das, was sie vielleicht getan hat. Bloß irgendwas. Ich würd gern wissen, was sie sich so gedacht hat.«

»Sie hat gesagt, daß sie nicht verrückt ist«, sagte ich. »Und sie sagte, daß es schwer ist, zu sich selbst nein zu sagen.«

»Stimmt beides«, sagte mein Vater und schaute zu, wie die Männer Karten spielten. »So etwas hab ich auch schon empfunden. Ist das alles?«

»Sie sagte, alle müßten etwas aufgeben.«

»Ist das so?« sagte mein Vater. »Das ist gut zu wissen. Ich frag mich nur, was sie aufgegeben hat?«

»Ich weiß es nicht«, sagte ich.

»Vielleicht hat sie beschlossen, uns aufzugeben. Oder bloß mich. Das ist es wahrscheinlich.«

Der Barmann brachte mir ein Stück Pie und die Milch und eine Gabel. Er stellte den Whisky für meinen Vater auf den Tresen. Aber mein Vater sah in die andere Richtung. Er dachte nach, und er blieb lange Zeit so sitzen, ohne etwas zu sagen – drei Minuten lang vielleicht –, während ich neben ihm saß und wartete, nichts von meinem Pie aß und auch sonst nichts tat. Bloß dasaß.

»Ich war nur drei Tage da oben, aber es kam mir wie eine lange Zeit vor«, sagte er schließlich. »Ich kann mich durchaus in andere Menschen reinversetzen.«

»Ja«, sagte ich. Ich tastete mit den Fingern nach meiner Gabel.

Aber mein Vater drehte sich um und sah mich wieder an.

»Ich glaub, du mußt deine Mutter mit diesem Miller gese-

hen haben, oder? Ich meine, nicht bloß beim Abendessen.«
Seine Stimme war sehr ruhig, und so sagte ich bloß: »Ja, das hab ich.«
»Wo waren sie?« sagte mein Vater und sah mich an.
»Zu Hause«, sagte ich.
»Bei uns zu Hause?« fragte er.
»Ja«, sagte ich. Und ich weiß nicht, warum ich ihm das erzählte. Er zwang mich nicht dazu. Ich tat es einfach. Es muß mir in diesem Augenblick ganz normal vorgekommen sein.
»Also, das tut mir leid, Joe«, sagte mein Vater. »Ich weiß, daß das nicht gerade das war, was du erwartet hast.«
»Das ist schon in Ordnung«, sagte ich.
»Aber nein«, sagte mein Vater. »Es ist nicht in Ordnung. Aber irgendwie müssen wir das mit dir wieder in Ordnung bringen.«
Er wandte sich von mir ab und griff dann nach seinem Glas Whisky. »Ich muß nicht trinken, ich habe nur einfach Lust dazu«, sagte er. Er trank nur ein bißchen Whisky und stellte das Glas dann wieder ab. »Wenn du mit deinem Pie fertig bist«, sagte er, »dann fahren wir mal ein Stückchen.«

Als ich meinen Pie aß, stand mein Vater auf und ging zur Toilette. Dann kam er heraus und telefonierte hinten in der Bar. Ich beobachtete ihn, aber ich konnte nicht hören, was er sagte oder mit wem er redete. Ich dachte, daß er vielleicht mit meiner Mutter sprach, über das sprach, was ich ihm gerade erzählt hatte, und ihr vielleicht sagte, daß er heute abend nicht mit mir nach Hause kam oder daß sie das Haus verlassen sollte oder wie enttäuscht er von ihr war. Ich überdachte alle diese Möglichkeiten, obwohl er nicht sehr lange sprach. Als er zurückkam, hatte er einen Fünf-Dollar-Schein in der Hand, und er legte ihn auf den

Tresen und sagte zu mir: »Laß uns mal 'n bißchen an die frische Luft, das gibt 'nen klaren Kopf.« Und wir gingen nach draußen, wo es wieder leicht schneite. Leute warteten in einer Schlange auf der Straße vor dem Auditorium. Aber er bemerkte sie gar nicht, und wir stiegen in den Wagen und fuhren die Central Avenue hoch und verließen das Zentrum.

Mein Vater fuhr bis zur Fifteenth Street hinaus. Wir sprachen nicht viel. Er fuhr zu einer Tankstelle und stieg aus, und ich blieb sitzen und hörte zu, während er mit dem Mann redete, der den Wagen volltankte. Sie sprachen über den Schnee, und der Tankwart sagte, daß er sich erst in Regen und dann in Eis verwandeln würde, sie sprachen über das Feuer im Allen Creek, und mein Vater sagte, daß er es bis zu diesem Nachmittag bekämpft hatte, und beide glaubten, daß es nun ausgehen würde. Der Mann kontrollierte das Öl und die Reifen, dann öffnete er den Kofferraum und machte irgend etwas, das ich nicht sehen konnte. Er sagte zu meinem Vater etwas über ein neues Rücklicht, und dann bezahlte ihn mein Vater und stieg ein, und wir fuhren wieder auf die Straße. Wir fuhren auf der Central bis ins Zentrum von Great Falls, an den Bahnhöfen, dem Stadtpark und dem Fluß vorbei, wo ich an diesem Tag schon zu Fuß entlanggegangen war, und an den Helen-Apartments, in die meine Mutter ziehen wollte. Mein Vater schien sie nicht zu bemerken, er schien überhaupt kaum etwas zu bemerken. Er fuhr einfach drauflos, dachte ich, ohne ein bestimmtes Ziel, während seine Gedanken um das kreisten, über das er nachdenken mußte: meine Mutter, mich und was aus uns werden sollte. Als wir weiter nach Osten fuhren, konnte ich die Lichter des Football-Stadions sehen, die im schneeverhangenen Himmel leuchteten. Es war Freitag abend, und es lief gerade ein Spiel. Great Falls gegen Billings. Ich war froh, nicht dabeisein zu müssen.

»Ich hab gesagt, daß ein Feuer auch sein Gutes hat, oder?«
sagte mein Vater. »Die meisten Leute glauben das nicht.«
Er schien beim Fahren wieder besser gelaunt zu sein, als
wäre ihm etwas eingefallen, bei dem er sich besser fühlte.
»Es ist schon erstaunlich, wie schnell die Welt sich drehen
kann, oder?«

»Ja«, sagte ich, »das stimmt.«

»Drei Tage, wenn ich mich nicht irre«, sagte er. »Vielleicht
war alles doch nicht so stabil, wie ich dachte. Das ist ja
wohl klar.«

»Ich weiß nicht«, sagte ich.

»O doch, bestimmt«, sagte er. »Das ist klar.« Er sah mich
an, und er lächelte dabei. Er legte mir die Hand auf die
Schulter und konnte meine Knochen fühlen. »Joe«, sagte
er, »wenn man sich einer Sache einmal gestellt hat, dann ist
das Schlimmste schon vorbei. Dann wird alles schon wieder besser. Daß ich zu diesem Brand gefahren bin, hatte
auf deine Mutter eben eine sehr schlechte Wirkung. Das
ist alles.«

»Bist du wirklich gern da gewesen?« sagte ich. Und das
hatte ich schon die ganze Zeit wissen wollen.

»Oh«, sagte mein Vater. »Meine Einstellung hat sich verändert. Zuerst war es geheimnisvoll. Dann war es aufre-
gend. Dann fühlte ich mich hilflos. Ich fühlte mich wie zu-
geschnürt, bevor ich da hochfuhr«, sagte er. »Jetzt fühl ich
mich nicht mehr so.«

»Hattest du eine Freundin da oben?« fragte ich, weil
meine Mutter so etwas vor zwei Abenden gesagt hatte.

»Nein, hatte ich nicht«, sagte er. »Es waren aber Frauen
dabei. Ich hab sogar zwei Frauen gesehen, die sich geprügelt haben. Die haben sich geprügelt wie Männer.«

Und das fand ich sehr merkwürdig – zwei Frauen, die sich
prügelten. Obwohl es ein erregender Gedanke war, und
plötzlich merkte ich, wie ungewöhnlich es war, daß ich so
mit meinem Vater redete, daß wir beide solche Dinge von

168

meiner Mutter wußten und ein Gefühl dabei hatten, das gar nicht mal so schlecht war. Es erschien mir als ein leichtsinniges und erregendes Gefühl, und es gefiel mir.

»Wohnt der Freund deiner Mutter in Black Eagle in der Prospect Street?« fragte mein Vater, als wir weiterfuhren. Vor uns lag die Brücke nach Black Eagle und dahinter die weißen Getreidesilos, hell erleuchtet in der dunstigen, schneeverhangenen Luft. »Du hast doch gesagt, daß du da warst, oder?«

»Ja«, sagte ich.

»Dann weißt du also, wo er wohnt?« sagte mein Vater.

»Ja«, sagte ich, »da ist es.«

»Also gut«, sagte mein Vater. »Dann wollen wir da mal vorbeifahren.«

Er bog nach links auf die Fifteenth Bridge, und wir fuhren über den Missouri River und nach Black Eagle hinein, wo man nur noch Lichter von Häusern an den Hängen sah und die verschneite Nacht wie einen Vorhang dahinter.

Wir fuhren den Hügel halb hoch und bogen dann nach rechts ab. Es war acht Uhr abends, und bei vielen Häusern, an denen wir vorbeifuhren, brannte das Verandalicht, und auch drinnen brannte Licht. Mein Vater schien zu wissen, wohin er fuhr, weil er nur ab und zu auf die Hausnummern schaute. Am Ende der Straße tauchte das Licht des italienischen Steakhauses auf. Ich konnte keine Leute auf der Straße oder irgendwelche Autos davor parken sehen, und wenn es nicht Freitag gewesen wäre, hätte ich gedacht, daß es geschlossen war.

»Es ist keine Prachtstraße, was?« sagte mein Vater.

»Nein, ist es nicht«, sagte ich und betrachtete die Häuser.

»Das ist überraschend«, sagte er. »Aber niemand, denke ich, durchschaut einen reichen Mann.« Dann war er einen Augenblick still, während er langsam Warren Millers Straße hinunterfuhr. »Ich wünschte, ich könnte deine

Mutter dazu bringen, daß sie bei dieser Sache einen Rückzieher macht.«

»Ich auch«, sagte ich.

»Es bringt ihr nichts«, sagte er. »Ich seh's jedenfalls nicht.«

Er parkte den Wagen gegenüber von Warren Millers Haus, an der Stelle, wo meine Mutter am Abend zuvor geparkt hatte. Ich dachte wieder dasselbe, was ich gedacht hatte, als ich hier mit meiner Mutter saß: daß ich keine andere Wahl hatte, als mit ihr zu gehen, wenn sie hineinging, und daß ich mitgegangen war. Dann dachte ich nicht mehr darüber nach, weil das jetzt wie eine vollkommen andere Angelegenheit wirkte, eine, die praktisch nichts mit dem zu tun hatte, was am vorigen Abend passiert war oder an irgendeinem anderen Abend. Ich war jetzt mit meinem Vater zusammen, und alles war anders.

Im Haus brannte Licht, obwohl die Veranda dunkel war. Warrens Oldsmobile stand auf der steilen Auffahrt, vor dem Motorboot, genau wie am Tag zuvor. Mein Vater stellte den Motor ab, öffnete das Fenster und sah zum Haus hinüber. Ich konnte Klaviermusik hören. Ich dachte, daß die aus Warren Millers Haus kam und daß Warren wahrscheinlich Klavier spielte, während wir im Dunkeln saßen und hinüberschauten.

»Ich würd da ganz gern mal reinschauen«, sagte mein Vater. Er wandte sich um und blickte mich im Dunkeln an. »Was hältst du davon?«

»Okay«, sagte ich. Ich blickte an ihm vorbei auf das Haus, wo ich niemanden an dem Fenster sehen konnte, hinter dem die altmodische Lampe brannte.

»Ich bin gleich wieder da, Joe.«

»In Ordnung«, sagte ich.

Er stieg aus, warf die Tür zu, ging über die Straße und die Betontreppe hoch. Ich konnte die Klaviermusik hören, die in die Nacht hinaus klang, und glaubte, daß ich jemanden dazu singen hörte. Einen Mann. Ich dachte, daß niemand meinen Vater jetzt bemerken konnte, es sei denn, er selbst wollte es und klingelte oder klopfte, und ich glaubte nicht, daß er das tun würde. Ich fragte mich, wen mein Vater aus der Presidential angerufen hatte. Meine Mutter? Oder Warren Miller, um zu sehen, ob er zu Hause war? Oder vielleicht jemand ganz anderes?

Mein Vater ging die Treppe hinauf und auf die Veranda. Er drehte sich um und blickte zum Wagen hinüber und dann über ihn hinweg auf die erleuchtete Stadt jenseits der Straße. Dann ging er zum Vorderfenster und blickte ins Haus, beugte sich vor, um hineinzusehen. Er versuchte gar nicht, sich zu verbergen, stand bloß am Fenster und blickte hinein, so daß jeder, der in diesem Augenblick zum Fenster hinausschaute, ihn gesehen hätte.

Er blieb nicht lange am Fenster stehen, gerade lang genug, um einen Blick auf das Wohnzimmer drinnen zu werfen und auf das, was er von da aus erkennen konnte, die anderen Zimmer, die Küche. Dann drehte er sich um und kam die Treppe wieder herunter und über die Straße zum Wagen, in dem ich saß und wartete. Er stieg nicht zu mir in den Wagen, beugte sich nur ins Fenster.

»Wie fühlst du dich jetzt, mein Junge?« fragte er. Er sah mich an.

»Gut«, sagte ich, obwohl das nicht ganz stimmte. Ich war nervös, weil wir da waren, und ich wünschte, wir könnten wieder fahren.

»Ist dir kalt?« sagte er. Er sprach nicht sehr laut.

»Nein«, sagte ich. Ich konnte das Klavier hören, das im Haus noch immer gespielt wurde. Und mir *war* kalt. Meine Arme waren kalt.

Mein Vater wandte den Kopf und sah die Straße hinunter. Nichts war zu sehen. Keine Bewegung. »Vielleicht kann ich sie nicht mehr lieben«, sagte er, atmete dann hörbar aus. »Ich würd aber gern alles wieder in Ordnung bringen. Weißt du?«

»Ja«, sagte ich. Dann sah ich Warren Miller. Er kam genau an das Fenster, durch das mein Vater hineingeschaut hatte. Er blieb einen Augenblick lang stehen und starrte hinaus, auf unseren Wagen, dachte ich, dann ging er weg. Wie am Tag zuvor trug er wieder ein weißes Hemd. Ich fragte mich, ob meine Mutter da drin bei ihm war und ob es das war, was mein Vater gesehen hatte, als er hineingeguckt hatte, und ob es der Grund für das war, was er gerade gesagt hatte. Und ich kam zu dem Schluß, daß sie bestimmt nicht da drin, sondern immer noch zu Hause war, wo wir sie zurückgelassen hatten und auch wieder antreffen würden, wenn wir nur zurückfahren würden.

»Irgendwas wird jetzt passieren«, sagte mein Vater, und er trommelte mit beiden Händen auf die metallene Fensterleiste. Er blickte die Straße hinunter, als ob er nachdächte. »Ich wünschte, ich würd mich nicht so fühlen.«

Einen Augenblick lang sagte ich gar nichts, und dann sagte ich: »Ich auch.«

Mein Vater atmete wieder einen Seufzer aus. »Das weiß ich«, sagte er. »Das weiß ich.« Einen Augenblick lang war er selber still, während er auf das Pflaster hinuntersah. »Ich frag mich bloß«, sagte er, »was eigentlich alles passieren müßte, damit ich deine Mutter wirklich verlasse.« Er blickte zu mir auf.

»Vielleicht gibt es nichts«, sagte ich.

»Nichts, was ich mir vorstellen kann. Das stimmt.« Er nickte. »Das ist ein komischer Tag heute, was?« sagte er. »Ein wichtiger Tag.«

»Das ist er wohl«, sagte ich.

»Er erschöpft mich«, sagte er. »Ich bin einfach erschöpft.« Und genau dasselbe empfand ich auch, und er muß das gewußt haben. »Vielleicht sollten wir jetzt wieder nach Hause fahren«, sagte ich leise zu ihm.

»Das sollten wir. Das sollten wir bestimmt«, sagte er. »Das machen wir auch gleich.«

172

Dann richtete er sich auf, ging zum Heck des Wagens und öffnete den Kofferraum. Ich sah nach hinten, aber ich konnte nicht sehen, was er da machte und hörte auch nichts. Er sagte nichts, das ich gehört hätte. Er schloß den Kofferraumdeckel, und als ich aus dem Seitenfenster hinausguckte, sah ich ihn. Er lief die Betontreppe zu Warren Millers weißem Haus hoch, in dem Licht brannte und aus dem immer noch Klaviermusik zu hören war. Er trug irgend etwas – ich wußte nicht was, aber etwas, das er, wie ich annahm, aus dem Kofferraum des Wagens geholt hatte. Er trug es mit beiden Händen vor sich her. Und ich hatte dieses Gefühl, das, wie ich seitdem gehört habe, immer mit Schrecklichem einhergeht, das Gefühl, alles aus weiter Entfernung zu sehen, als ob man es durch ein umgedrehtes Fernrohr betrachtet, aber es ist genau vor einem, und nur man selbst ist wie festgenagelt und hilflos. Es läßt einen frieren, und dann ist einem gleich wieder warm, als ob das, wovor man Angst hat, doch nicht geschehen würde, nur daß es dann doch geschieht und man um so unvorbereiteter darauf ist, es sehen und erleben zu müssen.

Was ich sah, war mein Vater, der oben auf der Treppe angelangt war und auf die kleine Veranda trat, die an einem Teil der Hausfront entlanglief. Er drehte sich um und ging bis ans Ende der Veranda, genau dem Fenster gegenüber. Ich konnte seine Schritte auf den Verandabohlen hören. Ich hörte das schwache Geräusch von etwas, das aus einer Flasche gegossen wurde. Und dann wußte ich, was er tat oder zu tun versuchte. Die Musik in Warren Millers Haus brach ab. Und es war still, bis auf das Geräusch von den Stiefeln meines Vaters und das Glucksen der 4-Liter-Flasche, die er in den Händen hielt. Er goß, was immer es war – Benzin oder Kerosin, das er gekauft hatte –, an den Stellen gegen die Hauswand, wo die Verandabohlen auf die Wand stießen. Und ich wollte ihn davon abbringen, aber er war so schnell, und ich konnte mich im Wagen nicht schnell genug rühren, konnte offenbar meine Hände nicht bewegen oder ein Geräusch machen, das seine Aufmerksamkeit erregt hätte, damit ich ihm sagen konnte, daß er mit dem, was er da tat, aufhören sollte. Ich sah seine Silhouette am vorderen Fenster vorübergleiten. Dann ging das Verandalicht an, und Warren Miller öffnete die Tür, gerade, als mein Vater ungefähr auf ihrer Höhe war. Warren trat auf die beleuchtete Veranda hinaus – ich sah sein Hinken. Mein Vater und er standen da nebeneinander, mein Vater hatte die Glasflasche mit Benzin in den Händen, und Warren Miller hatte nichts in den Händen. Es war ein seltsamer Anblick. Und einen Moment lang dachte ich, daß alles wieder in Ordnung kommen und Warren Miller die Sache in die Hand nehmen würde, wozu er, wie ich wußte, fähig war, und mein Vater von dem, was er da vorhatte, wieder abrücken würde – Warren Millers Haus niederzubrennen oder sein eigenes Leben, mein Leben und das meiner Mutter wegzuwerfen, als bedeuteten sie nichts, als könnten sie mit einem Schulterzucken aufgegeben werden.

»Was geht denn hier draußen vor, Jerry?« sagte Warren Miller nicht sehr laut. Er machte einen Schritt auf meinen Vater zu, als wollte er besser sehen, was passierte. Und er muß das Benzin gerochen haben, denn er machte einen Schritt zurück. Es muß alles voller Benzin gewesen sein.

Mein Vater richtete sich auf und sagte etwas, das ich nicht genau verstehen konnte, aber es hörte sich an wie ›scharf, scharf‹, zweimal dasselbe. Dann ging mein Vater ganz schnell in die Hocke, genau vor Warren Miller, geradeso, als wollte er ihm die Schnürsenkel zubinden. Aber in Wirklichkeit zündete er ein Streichholz an. Und ich hörte, wie Warren sagte: »Was um Himmels willen, Jerry!«

Und dann stand die Veranda um sie herum in Flammen. Die Flasche, die mein Vater in den Händen hielt, brannte innen und außen; die Bohlen, auf denen mein Vater und Warren standen, brannten. Ein blau-gelber Flammenstreifen züngelte beinahe träge auf die vordere Hauswand zu, die Veranda hinunter bis zum Ende und begann dann, an der Holzverschalung hochzulecken, wo mein Vater zuerst Benzin ausgeschüttet hatte. Das Haus schien mir jetzt ganz in Flammen zu stehen, oder zumindest die Hausfront. Ich selbst kletterte schnell aus dem Auto, denn die Stiefel meines Vaters und der Saum seiner Hose brannten, und er versuchte, es mit den Händen wieder auszuklopfen, schien ganz außer sich und sprang herum.

Warren Miller verschwand einfach. Ich sah nicht, wie er wegging, aber er war in dem Augenblick verschwunden, als die Flammen emporschossen. Ich vermutete, daß er telefonierte, um Hilfe zu holen. Und mein Vater war allein auf der Veranda zurückgeblieben und versuchte, nicht in den Flammen zu verbrennen, die er selbst entfacht hatte – aus Eifersucht oder Wut oder einfach Wahnsinn – alles Dinge, die plötzlich in weite Ferne gerückt und in völligem Mißverhältnis zu dem schienen, was hier geschah.

»Ich brenne, Joe«, rief mein Vater von der Veranda her, als ich die Betonstufen zu ihm hochrannte.

»Ich weiß«, sagte ich.

»Es tut mir leid«, sagte er, »ich wollte das gar nicht tun. Wirklich nicht.« Er schien gleichzeitig erregt und ruhig zu sein, obwohl einer seiner Stiefel brannte. Er hatte den anderen Stiefel und den Saum seiner Hosenbeine mit den Händen gelöscht. Und er war von der Stelle, wo er alles in Brand gesetzt hatte, zum Rand der Veranda gestürzt und hatte sich so hingesetzt, daß ein Bein über den Rand baumelte und das andere, das mit dem brennenden Stiefel, neben ihm lag, und er schlug mit der bloßen Hand darauf, nicht sehr fest, in dem Versuch, die Flammen zu ersticken. Hinter ihm brannte die Veranda. Ich konnte das Feuer und den Rauch riechen. Ich konnte die hölzerne Hausfront brennen sehen und die Hitze des Brandes in der Luft spüren.

Als ich meinen Vater erreicht hatte, zog ich meine Jacke aus und stülpte sie dort, wo er brannte, über seinen Stiefel, preßte sie fest drauf und legte meine Arme darum, um die Flammen zu ersticken.

»Ich kann mich im Moment selbst nicht so richtig sehen«, sagte mein Vater. »Das ist gut.« Er schien jetzt weniger erregt. Sein Gesicht war sehr bleich, und seine Hände waren schwarz, als wären sie verbrannt. Er legte sie in den Schoß, und ich dachte, daß er vielleicht nicht mehr wußte, was er gerade getan hatte, oder daß er sich selbst verbrannt hatte und es nicht spürte. »Deine Mutter ist nicht da drinnen«, sagte er ganz ruhig zu mir. »Mach dir keine Sorgen. Das hab ich geklärt.« Auf uns beiden sammelte sich leichter Schnee.

»Warum hast du das gemacht?« sagte ich und umklammerte immer noch seinen Fuß.

»Um alles wieder in Ordnung zu bringen, nehm ich an«, sagte er und sah auf seine Hände im Schoß hinunter. Aus irgendeinem Grunde hob er sie ein wenig, ließ sie dann wieder sinken. Weit entfernt hörte ich, wie eine Sirene zu heulen begann. Irgend jemand hatte die Feuerwehr angerufen. »Meine Hände tun mir nicht weh«, sagte mein Vater.

»Gut«, sagte ich. Und ich ließ seinen Fuß los und zog meine Jacke weg. Es sah gut aus. Es sah nicht verbrannt aus, auch wenn ich das Leder riechen konnte und das Benzin, das es durchtränkt hatte. »Willst du ins Auto?« fragte ich, weil ich das wollte.

»Nein«, sagte er. »Das wär jetzt nicht das Richtige.«

Er drehte sich um und betrachtete das Haus hinter ihm. Auf der Veranda und den Brettern der Hausfront leckten immer noch Flammen. Die Flasche, die er dabei gehabt hatte, war zerbrochen. Aber das Feuer erlosch allmählich, weil das Holz feucht war, und es rauchte mehr als zu brennen, und ich hatte nicht den Eindruck, daß das Haus noch lange brennen würde, und es würde auch nicht niederbrennen, wie ich zunächst geglaubt hatte. »Das ist alles unnötig«, sagte mein Vater, als er sich wieder zu mir umdrehte. »Vollkommen unangebracht. Deine Mutter hat kein Vertrauen mehr zu mir. Das ist alles. Diese ganze Geschichte ist eine Frage des Vertrauens.« Er schüttelte den Kopf und bewegte alle zehn Finger in seinem Schoß, als ob er versuchte, sie zu spüren, und das nicht konnte, und es machte ihn nervös, er wollte etwas tun, um sie wieder zu spüren. In seiner Vorstellung verband er mit ihnen etwas Wichtiges.

Dann kam Warren Miller aus dem Haus gelaufen. Er trug jetzt das Jackett, das zu seiner Anzughose gehörte, und hatte eine Frau dabei, eine große, schlanke Frau mit einem länglichen, blassen Gesicht, die einen wollenen Herrenmantel und silberne Stöckelschuhe trug. Ich erkannte die Schuhe als die wieder, die in Warrens Schlafzimmerschrank gestanden hatten. Er schob sie eilig und mit seinem schweren Hinken die hölzerne Eingangstreppe hinunter, an meinem Vater und an mir vorbei und auf die Einfahrt und vom Haus weg, das, wie er wohl dachte, abbrennen würde, was aber nicht stimmte. Seine Hand lag mitten auf ihrem Rücken. Als er sie die Einfahrt hinunter und auf den Bürgersteig gebracht hatte, drehte er sich um und musterte uns und das Haus, an dessen Außenwänden immer noch einzelne blaue Flammen züngelten und rauchten, das aber kaum noch brannte. Leute oben und unten an der Straße waren aus ihren Häusern gekommen und in den Garten gegangen, einschließlich der beiden alten Leute von nebenan, die ich erkannte und die über die Straße gingen, um dort vom Rasen aus zuzusehen. Ich konnte jemanden rufen hören, eine Frauenstimme: »Sieh dir das an. Das ist nicht zu fassen. Oh, mein Gott.« Ich hörte die Sirenen, die näherkamen, und den Motor des Löschfahrzeuges, als es mit bimmelnder Glocke über die Brücke kam. Und ich stand da neben meinem Vater und wartete auf das, was als nächstes passieren würde.

»Das ist alles nur halb so schlimm, wie's im Moment aussieht«, sagte mein Vater. Er sah sich um. Er muß erstaunt darüber gewesen sein, was er angerichtet hatte, und über all die Leute, die ihn und mich beobachteten.

»Das kommt schon wieder in Ordnung«, sagte ich. »Soviel ist gar nicht passiert.«

»Wenn es bloß jetzt schon wieder in Ordnung wär«, sagte er. »Wenn es das bloß wär.«

Warren sagte etwas zu der großen Frau im Herrenmantel. Ich dachte, daß es sein Mantel war, obwohl es nicht der war, den meine Mutter getragen hatte. Die Frau sagte etwas zu ihm, blickte auf meinen Vater und mich und schüttelte den Kopf. Dann begann Warren auf uns zuzuhumpeln, über den Rasen seines eigenen Gartens im schmelzenden Schnee. Wir warteten nur auf ihn, denke ich, und darauf, daß irgend etwas mit uns geschah – daß die Polizei oder die Feuerwehr kam oder was immer an Offiziellem geschehen würde.

Mein Vater hatte beschlossen zu bleiben, wo er war, und hinzunehmen, was auf ihn zukam. Er konnte sowieso nirgendwohin. Dies hier muß für ihn so gut wie jeder andere Ort gewesen sein.

»Du bist doch ein besoffener Scheißkerl, oder was?« sagte Warren Miller, bevor er uns überhaupt erreicht hatte, während er immer noch durch seinen Garten hinkte. Er war wütend. Das sah ich. Seine Stimme schien jetzt tiefer als am vorigen Abend, als ich in seinem Haus gewesen war. Sein Gesicht war blaß und feucht. »*Verdammt* noch mal, Jerry«, sagte er. »Du bist doch total besoffen, und du hast mein Haus ruiniert.«

Mein Vater antwortete gar nichts. Ich weiß nicht, was er hätte sagen können. Aber als Warren Miller uns erreichte – meinen Vater, der am Rand der Veranda saß, und ich neben ihm –, packte er meinen Vater vorn am Hemd und schlug ihm mit der Faust ins Gesicht, schlug so fest zu, daß mein Vater zurückpendelte. Er sackte allerdings nicht sehr weit zurück, weil Warren ihn festhielt. Warren holte noch einmal mit der Faust aus, um meinen Vater ins Gesicht zu schlagen, aber ich hielt meinem Vater die Hände vors Gesicht und sagte sehr laut: »Nein. Nicht. Nicht noch mal.«

Und Warren Miller ließ sofort sein Hemd los und steckte beide Hände in die Jackettaschen. Aber er ging nicht weg, sondern blieb, wo er war, trat nicht mal einen Schritt zurück. Seine Brille sah schmutzig und beschlagen aus, und sein Gesicht war naß und auch seine Anzugjacke. Er atmete schwer. Ich sah zu den Leuten hinüber, die auf der Straße standen. Dort zeigte irgend jemand auf uns oder auf Warren Miller, der meinen Vater geschlagen hatte. Ich sah einen Jungen, der durch die Gärten lief, um eine Stelle zu finden, von der aus er besser sehen konnte. Ich hörte die Sirenen näherkommen und konnte den Rauch schmekken.

»Verdammt noch mal, du hast einen Sohn hier, Jerry«, sagte Warren Miller. »Ich versteh nicht, warum du so was machst.« Er starrte meinen Vater an, der mit den Augen zwinkerte. Er blutete nicht, und auf seinem Gesicht waren keine Spuren, wo Warren ihn geschlagen hatte, aber ihm muß schwindelig oder übel davon gewesen sein. Ich wollte Warren sagen, daß er gehen sollte, daß die Sache erledigt war, aber schließlich war es sein Haus, vor dem wir saßen.

»Wer ist das?« sagte mein Vater. Er betrachtete die Frau, die unten auf dem Bürgersteig in dem langen Mantel und den silbernen Schuhen wartete.

»Was meinst du?« fragte Warren Miller. Er schien erstaunt.

»Das geht dich überhaupt nichts an, wer das ist. Es ist nicht deine Frau.« Er war immer noch wütend, das war zu spüren, wie ich da neben ihm stand. »Ich hab da drinnen 'ne Pistole, Jerry«, sagte er. »Ich könnte dich erschießen, und keiner würde was sagen. Sie wären wahrscheinlich sogar froh. «

»Das weiß ich«, sagte mein Vater, aber mich schockierte es, das zu hören.

»Wie alt bist du eigentlich, um Himmels willen?« fragte Warren Miller.

»Neununddreißig«, sagte mein Vater.

»Hast du nicht studiert? Bist du nicht auf dem College gewesen?« sagte Warren Miller.

»Ja«, sagte mein Vater.

Dann drehte Warren Miller sich um und blickte in den Vorgarten. Einige Autos hatten angehalten, und der Löschwagen hupte, um sich auf der Straße einen Weg zu bahnen. Aber da war das Feuer schon von selbst erloschen. Dafür hatte der Schnee gesorgt, und Feuerwehrmänner waren nicht mehr nötig.

Warren Miller sah mich an, die Hände immer noch in den Taschen. Seine blauen Augen hinter der Brille waren geweitet. »Ich wußte, daß du heute im Haus warst«, sagte er. »Ich hätte einbrechen können, aber ich wollte nicht, daß die Sache außer Kontrolle geriet. « Er schüttelte den Kopf. »Ich sollte dir jetzt eigentlich 'ne ordentliche Tracht Prügel verpassen. « Dann sah er wieder meinen Vater an. Ich glaube, er versuchte, zu entscheiden, was er tun sollte, und wußte einfach nicht genau, was jetzt das Richtige war. Es war für uns alle ein seltsamer Moment. »Du hättest das wissen müssen, Jerry«, sagte Warren Miller. »Verdammt noch mal. Du kannst so was nicht verhindern. Du kannst nicht einfach weggehen und erwarten, daß alle anderen hübsch zu Hause sitzen bleiben. Das hast du dir ganz allein zuzuschreiben und niemand anderem. Du bist ein Narr, das bist du. Und das ist alles, was du bist. «

»Vielleicht«, sagte mein Vater. »Es tut mir leid. « Er starrte zu Boden. Drüben in der Stadt konnte ich noch mehr Sirenen hören, solche, die nichts mit uns zu tun hatten, sondern mit anderen Leuten in der Stadt, die Angst davor hatten, daß Feuer ausbrach.

»Sie hat einfach Sachen hochgeworfen, um zu sehen, wo sie runterkommen«, sagte Warren Miller. »Es war vorbei, bevor du überhaupt was merken konntest. Jedenfalls, was mich angeht.« Er drehte sich um und sah wieder auf die Straße. Die Scheinwerfer der Löschfahrzeuge beleuchteten den Straßenbelag. Ich konnte das Pochen der schweren Motoren hören. Im Garten auf der anderen Straßenseite spritzte ein Mann mit einem Gartenschlauch sein Dach ab. Zwei Feuerwehrleute kamen in ihren großen Feuerschutzhelmen, Schutzanzügen und Stiefeln aus dem Dunkel, und sie hatten Feuerlöscher und Taschenlampen in der Hand. Alle Flammen am Haus waren jetzt erloschen. Einige Nachbarn sprachen mit den Feuerwehrleuten, die auf dem Wagen saßen. Jemand lachte laut auf.

»Was hast du dir dabei gedacht?« sagte Warren Miller zu meinen Vater, der mit seinen verbrannten Händen im Schoß dasaß und dessen Gesicht dort anzuschwellen begann, wo er geschlagen worden war. »Meinst du nicht, daß das hier ein ziemlich großer Fehler ist? Was glaubst du, was diese Leute jetzt von dir halten? Von so einem Brandstifter wie dir. Vor seinem eigenen Sohn. Ich würd mich schämen.«

»Vielleicht denken sie, daß es wichtig für mich war«, sagte mein Vater. Dann fuhr er sich mit den Händen über das feuchte Gesicht, holte tief Luft und ließ sie langsam wieder raus. Ich konnte hören, wie sie entwich.

»Sie denken, daß dir *nichts* wichtig ist«, sagte Warren laut. »Sie glauben, daß du Selbstmord begehen wolltest, das ist alles. Du tust ihnen leid. Du bist vollkommen verrückt geworden.«

Er drehte sich um und hinkte in den Vorgarten hinaus, wo

der Schnee auf dem feuchten Gras zu frieren begann, und die Feuerwehrmänner waren auf halbem Wege zum Haus, leuchteten mit den Taschenlampen vor sich her, fingen an zu reden und lächelten. Sie schienen Warren Miller zu kennen. Warren Miller kannte Leute. Und wir, mein Vater und ich und meine Mutter, wir kannten überhaupt niemanden. Wir waren allein in Great Falls. Fremde. Wir hatten nur uns selbst, nur wir selbst konnten für uns sprechen, wenn etwas schiefging und alles sich gegen uns kehrte, so wie es in diesem Augenblick geschehen war.

Am Ende passierte nicht allzuviel – nicht das jedenfalls, was man eigentlich erwartete, wenn ein Mann das Haus eines anderen Mannes anzündete und dabei, während ein Haufen Leute zusahen, erwischt wurde, und das zu einer Zeit, wo man Brände fürchtete. In Montana sind wegen so einer Sache schon Leute gehängt worden.

Die beiden Feuerwehrleute, die Warren Miller kannte, kamen herüber und sahen sich die verbrannten Stellen auf der Veranda und an der Hauswand an. Sie versprengten kein Wasser und sprachen weder mit mir noch mit meinem Vater, aber Warren sagte ihnen, daß es zwischen ihm und meinem Vater ein Mißverständnis gegeben habe. Beide Feuerwehrleute sahen uns dann an, aber nur kurz. Und dann ging Warren Miller wieder nach unten auf die Straße und setzte sich hinten in den roten Wagen des Brandmeisters. Dort sprachen sie, während wir warteten. Ich sah, wie Warren etwas unterschrieb. Die Nachbarn zogen sich allmählich wieder in ihre Häuser zurück, und der Mann, der sein Haus abgespritzt hatte, hörte auf und verschwand. Die Löschwagen fuhren weg, und die Frau, die mit Warren aus dem Haus gekommen war, fror, ging weg, setzte sich in den Oldsmobile und ließ ihn an, damit die Heizung lief. Wir waren als einzige noch draußen, saßen immer noch auf der erleuchteten Veranda in der kalten verschneiten Nacht. Ich konnte den Geruch verbrannten Holzes riechen.

Mein Vater sagte nichts, während wir warteten. Er beobachtete den Wagen des Brandmeisters, und genau das tat ich auch. Aber nach einer Weile, vielleicht fünfzehn Minuten, stieg Warren Miller aus dem Wagen des Brandmeisters, ging auf dem Bürgersteig an seinem eigenen Haus vorbei und die Einfahrt hoch, wo er in seinen Wagen stieg, in dem er auch mit meiner Mutter gewesen war und in dem jetzt die Frau auf ihn wartete, und sie fuhren rückwärts heraus und die Prospect Street hinunter in die Nacht hinein. Ich wußte nicht, wohin sie fuhren, aber ich habe ihn nie wieder gesehen. Und dann sagte mein Vater, ganz ruhig: »Sie werden mich wahrscheinlich verhaften. Ein Feuerwehrmann kann einen auch verhaften. Sie sind dazu berechtigt. Mir tut das alles sehr leid.«

Und dann stieg einer der Feuerwehrleute aus dem Wagen des Brandmeisters. Er war älter als die beiden, die herübergekommen waren und sich das Haus angesehen hatten. Er rauchte eine Zigarette und warf sie ins Gras, als er über den Rasen auf uns zukam, wo wir noch immer am Rand der Veranda saßen. Wir wußten beide, daß wir nicht weggehen sollten, obwohl uns das keiner gesagt hatte.

»Man hat mir gesagt, daß das hier 'n Mißverständnis war«, sagte der Feuerwehrmann zu meinem Vater, als er nah genug heran war. Er warf einen Blick auf meinen Vater und sah dann an ihm vorbei auf das beschädigte Haus, dessen Holzbretter an der Vorderseite fast alle schwarz versengt waren. Mich sah er nicht an. Er war ein hochgewachsener Mann in den Sechzigern. Er trug einen schweren schwarzen Asbestmantel und Gummistiefel und hatte keinen Helm auf. Ich hatte ihn schon mal gesehen, wußte aber nicht mehr wo.

»Das könnte wohl so sein«, sagte mein Vater ruhig.

»Sie haben heute Ihren Glückstag«, sagte der Feuerwehrmann. Er warf meinem Vater wieder einen schnellen Blick zu. Er stand einfach nur vor uns und redete. »Dieser Mann, der hier wohnt, ist für Sie eingetreten. Ich hätte das nicht gemacht. Ich weiß, was Sie getan haben, und ich weiß warum.«

»Okay«, sagte mein Vater. Der Feuerwehrmann sah dann wieder weg. Ich wußte, daß er uns beide hier schrecklich fand und daß ihm das alles peinlich war und meinem Vater auch. »Man sollte Sie für so was umlegen«, sagte der Feuerwehrmann. »Ich hätte Sie umgelegt, wenn ich Sie erwischt hätte.«

»Das brauchen Sie nicht zu sagen. Es stimmt«, sagte mein Vater.

»Ihr Sohn hat jedenfalls reichlich genug gesehen.« Der Feuerwehrmann blickte zum ersten Mal mich an. Er trat auf mich zu und legte mir seine große Hand auf die Schulter. »*Sie* wird er nicht vergessen«, sagte er zu meinem Vater, dann drückte er meine Schulter ganz fest.

»Nein, das wird er nicht«, sagte mein Vater.

Plötzlich lachte der Feuerwehrmann laut auf: »Hah« und schüttelte den Kopf. Das war wirklich seltsam. Ich merkte, daß ich beinahe lächelte, obwohl ich es nicht wollte. Und ich lächelte dann auch nicht. »Man kann sich seinen Alten nicht aussuchen«, sagte er zu mir. Er lächelte, hatte immer noch seine Hand auf meiner Schulter, als würden wir zwei uns gerade einen Witz erzählen. »Meiner war ein Scheißkerl. Ein Schlappschwanz und Scheißkerl.«

»Das ist schade«, sagte mein Vater.

»Komm nächste Woche mal zur Feuerwache, mein Junge«, sagte der Feuerwehrmann zu mir. »Ich zeig dir dann, wie alles funktioniert.« Er sah wieder meinen Vater an. »Ihre Frau macht sich wahrscheinlich Sorgen um Sie, Mann«, sagte er. »Bringen Sie Ihren Sohn nach Hause.«

»In Ordnung«, sagte mein Vater. »Das ist 'ne gute Idee.«

»Dein Alter gehörte hinter Gitter, mein Junge«, sagte der

Feuerwehrmann, »aber nun ist er's doch nicht.« Dann ging er weg, ging durch den Garten und die Straße hinunter zu seinem roten Wagen, wo der jüngere Feuerwehrmann auf dem Fahrersitz saß und wartete. Sie wendeten auf der Straße – und stellten nur für diesen einen Augenblick ihr Blaulicht an – und fuhren weg.

Auf der anderen Straßenseite stand eine Frau vor ihrer Haustür und beobachtete uns beide – meinen Vater und mich. Sie sagte etwas zu jemandem, der hinter ihr stand und den man, weil er im Haus war, nicht sehen konnte. Ich konnte nur sehen, wie sie den Kopf wandte und ihre Lippen sich bewegten, aber ich konnte keine Worte hören.

»Die Leute glauben, daß sie ewig leben, nicht?« sagte mein Vater. Irgendwas an der Frau auf der anderen Straßenseite ließ ihn das sagen. Ich weiß nicht, was das war. »Daß alles einfach immer so weitergeht. Nichts endgültig ist.« Dann stand er auf. Und er wirkte steif, als ob er sich verletzt hatte, was aber nicht so war. Er richtete sich auf und sah über die Häuser auf der anderen Straßenseite hinweg auf die Stadt. In dem Haus gegenüber ging ein Licht aus. »Wäre das nicht großartig«, sagte er.

»Wär's wohl«, sagte ich. Und ich stand auch auf.

»Das hier wird nicht für alle Zeit so wichtig bleiben, Joe«, sagte mein Vater. »Das meiste davon wirst du vergessen. Ich nicht, aber du. Ich würd's dir auch nicht übelnehmen, wenn du mich jetzt haßt.«

»Das tu ich nicht«, sagte ich. Und ich haßte ihn auch nicht. Überhaupt nicht. Ich konnte ihn damals nicht sehr gut verstehen, aber er war mein Vater. Daran hatte sich überhaupt nichts geändert. Ich liebte ihn trotz allem.

»Man denkt manchmal nur noch dran, wie alles mal gewesen ist, statt, wie man es besser machen kann«, sagte mein Vater. »Tu das nicht.« Er begann, mit steifen Schritten auf unser Auto zuzugehen. Es stand da, wo es schon die ganze Zeit gestanden hatte, vor Warren Millers Haus. »Das ist mein Rat an dich«, sagte er. Ich hörte, wie er tief Luft holte und sie wieder ausatmete. Weit weg in einer anderen Straße hörte ich wieder eine Sirene aufheulen, und ich dachte, daß es da wohl noch andere Brände zu löschen gab. Und ich ging los, hinter meinem Vater her und durch den Garten, in dem es nicht mehr schneite. Ich wußte, daß er in diesem Augenblick überhaupt nicht an mich dachte, sondern über irgendein anderes Problem nachdachte, bei dem ich gar keine Rolle spielte. Aber ich überlegte doch, wo wir nun wohl hinfuhren und wo ich wohl übernachtete und was morgen und übermorgen mit mir geschah. Damals muß ich selbst geglaubt haben, daß ich ewig lebte, daß ich keine letzte Antwort hatte und keiner sie von mir erwartete. Und wirklich, schon während ich mich in dieser Nacht in der kalten Oktoberluft von Warren Millers Haus entfernte, verblaßte alles, was gerade geschehen war, in meiner Vorstellung, ganz wie mein Vater es mir gesagt hatte. Ich war ganz ruhig und glaubte langsam, daß sich alles schließlich als nicht ganz so schlimm herausstellen würde. Zumindest glaubte ich, daß es für mich nicht so schlimm sein würde.

Es gibt mehrere Briefe, die mir meine Mutter in der Zeit danach geschrieben hat – 1960 und '61. In einem schrieb sie: »Bitte versuch nicht zu denken, daß Dein Leben anders ist als das von anderen Jungen, Joe. Das würde schon helfen.« In einem anderen schrieb sie: »Du denkst vielleicht, daß ich die Unkonventionelle bei dieser Geschichte bin, aber es ist Dein Vater, der sehr unkonventionell ist. Ich bin es eigentlich nicht.« Und in einem anderen schrieb sie: »Ich frage mich, ob meine eigenen Eltern jemals die Welt so gesehen haben, wie ich sie jetzt sehe. Wir suchen immer nach etwas Absolutem und finden es nicht. Aber wenigstens die Liebe scheint mir etwas sehr Dauerhaftes zu sein.«

Das war zu einer Zeit, als sie, glaube ich, in Portland, Oregon, lebte und hoffte, einen Job zu finden. Ihre Briefe trugen den Briefkopf »The Davenport Hotel«, obwohl ich aus irgendeinem Grunde nicht glaubte, daß sie da wohnte. Damals wußte ich überhaupt nicht viel von ihr und dachte wirklich, daß wir sie verloren hatten, für immer.

Es ist durchaus möglich, und in den Jahren, die seitdem vergangen sind, habe ich das zumindest gedacht, daß Vater an diesem Abend bei Warren Miller gefühlt h muß, daß sein Leben zum Stillstand gekommen war Warren recht hatte – daß mein Vater eigentlich wünsc.

daß Warren rauskam und ihn an Ort und Stelle erschoß.
Und deshalb ist er nicht weggelaufen. Wenn sich alles im
Leben gegen einen kehrt, und zwar alles auf einmal, wie
es meinem Vater passiert ist, dann muß es eine starke
Sehnsucht geben, sich selber aufzugeben, das Leben zu-
rückzugeben und es andere, stärkere Menschen – Menschen wie Warren Miller – weiterleben zu lassen, was auch
immer daraus wird. Oder es gibt zumindest den Drang, ein
kleiner Teil von etwas Größerem zu werden, etwas, das einen in die Obhut nimmt, als ob man ein Kind wäre. Meine
Mutter hatte vielleicht dieselben Gefühle.

Während der Tage danach, als meine Mutter in die Helen-
Apartments zog und dann ganz schnell wieder auszog und
die Stadt verließ, fragte ich mich, ob ich die Welt je wieder
so sehen würde, wie *ich* sie vorher gesehen hatte, als ich
noch nicht einmal wußte, daß ich sie irgendwie sah. Oder
ob man sich allmählich daran gewöhnte, sich von etwas zu
trennen, und sich, weil man jung war, auch schneller trennen konnte; oder ob in Wirklichkeit keine dieser Überle-
gungen wichtig war und sich alles trotz kleinerer Veränderungen mehr oder weniger gleich blieb, so daß man, wenn
man sich dem Schlimmsten gegenübersah und es überstan-
den hatte, feststellte, daß dahinter nichts war. Das Nichts
hat seine eigenen Tücken, aber es hält nicht ewig an. Und
aus fast jeder menschlichen Erfahrung kann man lernen,
daß unsere eigenen Interessen bei anderen Menschen ge-
wöhnlich nicht an erster Stelle stehen – sogar wenn es die
Menschen sind, die einen lieben – und daß das so in Ordnung ist. Man kann damit leben.

Das Feuer, zu dessen Bekämpfung mein Vater von zu Hause
weggegangen war, war nur schwer zu löschen und brannte
noch lange weiter – anders, als die meisten erwarten würden, die glauben, daß ein Brand etwas ist, das man einfach
wieder löschen kann. Er bedrohte nicht mehr die Städte,
aber das Feuer schwelte den Winter über weiter, und im

Frühjahr flammte es dann noch einmal in etwas kleinerem Ausmaß auf, und Rauch, den wir in den Augen spüren konnten, hing in der Luft, aber mein Vater fuhr nicht wieder hinaus, um es zu bekämpfen.

Im Frühjahr, als ich wieder in der Schule war, versuchte ich es mit dem Speerwerfen, aber ich konnte es nicht gut, konnte nicht weit werfen. Nicht weit genug. Und so hörte ich bald damit auf. Mein Vater sagte, daß wir wieder mit Golfspielen anfangen würden, wenn das Wetter besser wurde, und nach einer Weile taten wir das auch, und im allgemeinen hatte ich das Gefühl, daß mein Leben *wirklich* wie das anderer Jungen war. Ich hatte keine Freunde. Ich hatte ein Mädchen kennengelernt, das ich mochte, aber ich wußte nicht genau, was ich mit ihr anfangen sollte, wußte nicht, wo ich mit ihr hingehen sollte, und hatte kein Auto, um mit ihr irgendwohin zu fahren. In Wahrheit hatte ich nichts als das Leben zu Hause mit meinem Vater. Aber ich fand das damals nicht ungewöhnlich und tue das auch heute nicht.

Anfang März starb Warren Miller. Ich las es in der Zeitung. In dem Artikel hieß es »nach längerer Krankheit«, und mehr stand da nicht, nur daß er zu Hause gestorben war. Mir wurde klar, daß er gedacht haben mußte, daß er krank war und nicht mehr lange zu leben hatte, als er meine Mutter kennenlernte. Und ich fragte mich, ob sie das gewußt hatte oder ob sie ihn nach dieser Nacht in unserm Haus noch mal wiedergesehen hatte. Ich kam zu dem Schluß, daß sie das getan hatte – vielleicht in Portland, wo sie jetzt war, oder in irgendeiner anderen Stadt. Ich versuchte mir vorzustellen, worüber sie sprachen, und kam zu dem Schluß, daß es nur das sein konnte, was wir ohnehin alle schon wußten. Ich glaube, daß sie ihn liebte. Sie hatte es auf jeden Fall gesagt, und ich glaube, daß sie meinen Vater auch liebte. Es gibt ein altes Sprichwort, das sagt, wenn man zwei hat, hat man in Wirklichkeit niemanden. Und das war es, was ich schließlich über meine Mutter dachte, ganz gleich, wo sie nun war, in welcher Stadt, ganz gleich, was sie allein da machte. Sie hatte niemanden, und es tat mir leid, daß es für sie nun so war.

Mein Vater wirkte nicht unglücklich auf mich. Ich glaube nicht, daß er von meiner Mutter hörte, obwohl ich zu Hause Briefe von ihr bekam. Ich glaube, er meinte, daß sie keinen neuen Anfang in ihrem Leben machte, sondern nur irgendwie weiterlebte, und daß er das auch so machen sollte. Im Winter fand er eine Zeitlang einen Job als Versicherungsvertreter, und als das nicht so gut lief, nahm er eine Stelle als Verkäufer in einem Sportgeschäft mitten in der Stadt an und verkaufte Golfschläger, Tennisschläger und Baseballhandschuhe. Im Frühling hatte er eine Zeitlang zwei Drahtkäfige hinter unserem Haus stehen, Käfige, die er selbst gebaut hatte, und hielt sich einen Hasen, einen Fasan und ein kleines gesprenkeltes Rebhuhn, das er tatsächlich auf der Straße gefunden hatte. Und das Leben ging weiter für uns, in einem anderen Maßstab als zuvor. Einem geringeren menschlichen Maßstab. Daran besteht kein Zweifel. Aber es ging weiter. Wir überlebten es.

Und dann, Ende März 1961, gerade als es Frühling zu werden begann, kehrte meine Mutter von wo immer sie gewesen war zurück. Nach einer Weile hatten mein Vater und sie eine Form gefunden, wie sie die Schwierigkeiten, die sie miteinander gehabt hatten, beilegen konnten. Und obwohl sie vielleicht beide das Gefühl hatten, daß irgend etwas zwischen ihnen erloschen war, etwas, das ihnen vielleicht gar nicht bewußt gewesen war, bis es fort und für immer aus ihrem Leben verschwunden war, müssen sie auch gefühlt haben, daß es in ihnen etwas gab, etwas Wichtiges, das nur dadurch überdauern konnte, daß sie zusammen waren, kaum anders als zuvor. Ich weiß nicht genau, was das war. Aber so war unser Leben dann, in der kurzen Zeit, die ich noch zu Hause war. Und viele Jahre danach. Sie lebten zusammen – das war ihr Leben – und allein. Obwohl der Himmel weiß, daß es noch immer sehr viel daran gibt, wovon ich – ihr einziger Sohn – nicht behaupten kann, daß ich es ganz verstehe.